SV

Federico García Lorca

Dichter in New York

Gedichte

Spanisch und deutsch

Übertragung und Nachwort von
Martin von Koppenfels

Suhrkamp Verlag

Der Übertragung liegen die Ausgaben
Poeta en Nueva York/Poet in New York,
Christopher Maurer (Hg.), New York 1998, und
Poeta en Nueva York y otras hojas y poemas,
Mario Hernández (Hg.), Madrid 1990, zugrunde.
Weitere Angaben im Anhang.

Die Übersetzung wurde gefördert
aus den Mitteln der Dirección General del Libro,
Archivos y Bibliotecas
des spanischen Ministeriums
für Bildung und Kultur.

Der Übersetzer dankt
Manuel Fernández-Montesinos und Mario Hernández
für ihre Geduld und der Berliner Senatsverwaltung
(Wissenschaft, Forschung und Kultur)
für finanzielle Unterstützung.

Satz und Druck: MZ-Verlagsdruckerei GmbH, Memmingen
Printed in Germany
Erste Auflage 2000

1 2 3 4 5 6 – 04 03 02 01 00

Federico García Lorca
Poeta en Nueva York
Dichter in New York

Dedicado a Bebé y Carlos Morla

Los poemas de este libro están escritos en la ciudad de Nueva York, el año 1929-1930, en que el poeta vivió como estudiante en Columbia University.

Bebé und Carlos Morla gewidmet

Geschrieben in New York City im Jahr 1929-1930, während der Dichter als Student in Columbia University lebte.

I

Poemas de la soledad en Columbia University

Furia color de amor,
amor color de olvido.

Luis Cernuda

I

Gedichte aus der Einsamkeit von Columbia University

Wut in der Farbe der Liebe,
Liebe in der Farbe des Vergessens.

Luis Cernuda

Vuelta de paseo

Asesinado por el cielo.
Entre las formas que van hacia la sierpe
y las formas que buscan el cristal
dejaré crecer mis cabellos.

Con el árbol de muñones que no canta
y el niño con el blanco rostro de huevo.

Con los animalitos de cabeza rota
y el agua harapienta de los pies secos.

Con todo lo que tiene cansancio sordomudo
y mariposa ahogada en el tintero.

Tropezando con mi rostro distinto de cada día.
¡Asesinado por el cielo!

Vom Spaziergang zurück

Vom Himmel umgebracht.
Zwischen den Formen, die zur Schlange neigen,
und den Formen, die Kristall sein wollen,
will ich meine Haare wachsen lassen.

Mit dem Stummelbaum, der nicht mehr singt,
und dem Jungen mit dem weißen Ei-Gesicht.

Mit den aufgeknackten Köpfen kleiner Tiere
und dem zerlumpten Wasser mit den trocknen Füßen.

Mit allem, was von taubstummer Erschöpfung zeugt
und vom toten Schmetterling im Tintenfaß.

Stolpernd über mein täglich wechselndes Gesicht.
Vom Himmel umgebracht!

1910
(Intermedio)

Aquellos ojos míos de mil novecientos diez
no vieron enterrar a los muertos,
ni la feria de ceniza del que llora por la madrugada,
ni el corazón que tiembla arrinconado como un caballito de mar.

Aquellos ojos míos de mil novecientos diez
vieron la blanca pared donde orinaban las niñas,
el hocico del toro, la seta venenosa
y una luna incomprensible que iluminaba por los rincones
los pedazos de limón seco bajo el negro duro de las botellas.

Aquellos ojos míos en el cuello de la jaca,
en el seno traspasado de Santa Rosa dormida,
en los tejados del amor, con gemidos y frescas manos,
en un jardín donde los gatos se comían a las ranas.

Desván donde el polvo viejo congrega estatuas y musgos.
Cajas que guardan silencio de cangrejos devorados.
En el sitio donde el sueño tropezaba con su realidad.
Allí mis pequeños ojos.

No preguntarme nada. He visto que las cosas
cuando buscan su curso encuentran su vacío.
Hay un dolor de huecos por el aire sin gente
y en mis ojos criaturas vestidas ¡sin desnudo!

Nueva York, agosto 1929

1910
(Zwischenspiel)

Meine Augen von damals, neunzehnhundertzehn,
sahen nicht, wie die Toten begraben wurden,
sahen nicht das Aschefest des Mannes, der den Morgen beweint,
nicht das Herz, das im Winkel liegt und wie ein Seepferdchen zittert.

Meine Augen von damals, neunzehnhundertzehn,
sahen die weiße Wand, wo die Mädchen Wasser ließen,
das Maul des Stiers, den giftigen Pilz
und unfaßbaren Mondschein in den Winkeln
auf den trockenen Zitronenstücken unterm harten Schwarz der Flaschen.

Meine Augen von damals auf dem Hals des kleinen Pferdes,
auf dem durchbohrten Busen von Rosa, der schlafenden Heiligen,
auf den Dächern der Liebe, mit Seufzern und kühlen Händen,
in einem Garten, wo die Katzen Frösche fraßen.

Eine Rumpelkammer, wo alter Staub Moos und Statuen versammelt.
Truhen voll mit dem Schweigen aufgefressener Krebse.
Dort, wo der Traum auf seine Wirklichkeit prallte.
Dort meine kleinen Augen.

Bitte keine Fragen. Ich habe die Dinge gesehen:
Sie suchen ihre Linie, doch sie finden ihre Leere.
Lücken liegen schmerzend in der menschenleeren Luft
und in meinen Augen Kleiderwesen – ohne Körper!

New York, August 1929

Fábula y rueda de los tres amigos

Enrique,
Emilio,
Lorenzo.
Estaban los tres helados:
Enrique por el mundo de las camas,
Emilio por el mundo de los ojos y las heridas de las manos,
Lorenzo por el mundo de las universidades sin tejados.

Lorenzo,
Emilio,
Enrique.
Estaban los tres quemados:
Lorenzo por el mundo de las hojas y las bolas de billar,
Emilio por el mundo de la sangre y los alfileres blancos,
Enrique por el mundo de los muertos y los periódicos abandonados.

Lorenzo,
Emilio,
Enrique.
Estaban los tres enterrados:
Lorenzo en un seno de Flora,
Emilio en la yerta ginebra que se olvida en el vaso,
Enrique en la hormiga, en el mar y en los ojos vacíos de los pájaros.

Lorenzo,
Emilio,
Enrique.
Fueron los tres en mis manos
tres montañas chinas,
tres sombras de caballo,
tres paisajes de nieve y una cabaña de azucenas
por los palomares donde la luna se pone plana bajo el gallo.

Fabel von den drei Freunden

(Ringelreihen)

Enrique,
Emilio,
Lorenzo.
Sie waren alle drei erfroren:
Enrique in der Welt der Betten,
Emilio in der Welt der Augen und Wunden an den Händen,
Lorenzo in der Welt der Universitäten ohne Dach.

Lorenzo,
Emilio,
Enrique.
Sie waren alle drei verbrannt:
Lorenzo in der Welt der Blätter und der Billardkugeln,
Emilio in der Welt des Blutes und der blanken Nadeln,
Enrique in der Welt der Toten und der weggeworfenen Zeitungen.

Lorenzo,
Emilio,
Enrique.
Sie waren alle drei begraben:
Lorenzo in einer von Floras Brüsten,
Emilio im starren Rest Gin am Boden des Glases,
Enrique im Meer, in der Ameise und in den leeren Augen der Vögel.

Lorenzo,
Emilio,
Enrique.
Auf einmal waren die drei in meinen Händen
drei chinesische Berge,
drei Pferdeschatten,
drei Schneelandschaften und eine Lilienhütte
in den Taubenschlägen, wo der Mond sich flachlegt unterm Hahn.

Uno
y uno
y uno.
Estaban los tres momificados,
con las moscas del invierno,
con los tinteros que orina el perro y desprecia el vilano,
con la brisa que hiela el corazón de todas las madres,
por los blancos derribos de Júpiter donde meriendan muerte los borrachos.

Tres
y dos
y uno.
Los vi perderse llorando y cantando
por un huevo de gallina,
por la noche que enseñaba su esqueleto de tabaco,
por mi dolor lleno de rostros y punzantes esquirlas de luna,
por mi alegría de ruedas dentadas y látigos,
por mi pecho turbado por las palomas,
por mi muerte desierta con un solo paseante equivocado.

Yo había matado la quinta luna
y bebían agua por las fuentes los abanicos y los aplausos.
Tibia leche encerrada de las recién paridas
agitaba las rosas con un largo dolor blanco.

Enrique,
Emilio,
Lorenzo.
Diana es dura,
pero a veces tiene los pechos nublados.
Puede la piedra blanca latir en la sangre del ciervo
y el ciervo puede soñar por los ojos de un caballo.

Cuando se hundieron las formas puras
bajo el cri cri de las margaritas,
comprendí que me habían asesinado.

Einer
und einer
und einer.
Sie waren alle drei mumifiziert,
mit den Wintermücken,
mit den Tintenfässern, die der Hund bepißt und der Distelflaum verachtet,
mit der Brise, die jedes Mutterherz gefrieren läßt,
auf Jupiters weißen Trümmerhalden, wo die Trinker Verderben vespern.

Drei
und zwei
und einer.
Ich sah sie weinend und singend verschwinden
in einem Hühnerei,
in der Nacht, die ihr Tabakgerippe zeigte,
in meinem Schmerz, den Gesichter und stechende Mondsplitter füllten,
in meiner Zahnrad- und Peitschenfreude,
in meiner Brust mit dem Taubenaufruhr,
in meinem menschenleeren Tod, in den sich nur ein Passant verlaufen hatte.

Ich hatte den fünften Mond zur Strecke gebracht
und in den Brunnen löschten Fächer und Applause ihren Durst.
Die laue, eingesperrte Milch der Wöchnerinnen
ließ die Rosen beben in langem, weißem Schmerz.

Enrique,
Emilio,
Lorenzo.
Diana ist hart,
doch manchmal sind ihre Brüste vernebelt.
Der weiße Stein kann im Blut des Hirschs pulsieren
und der Hirsch kann durch die Augen eines Pferdes träumen.

Als die reinen Formen
im Gezirp der Gänseblümchen untergingen,
begriff ich, daß ich ermordet worden war.

Recorrieron los cafés y los cementerios y las iglesias.
Abrieron los toneles y los armarios.
Destrozaron tres esqueletos para arrancar sus dientes de oro.
Ya no me encontraron.
¿No me encontraron?
No. No me encontraron.
Pero se supo que la sexta luna huyó torrente arriba,
y que el mar recordó ¡de pronto!
los nombres de todos sus ahogados.

Sie durchkämmten Cafés und Friedhöfe und Kirchen.
Sie öffneten Tonnen und Schränke.
Sie zerstörten drei Skelette, um ihr Zahngold auszubrechen.
Sie fanden mich nicht mehr.
Sie fanden mich nicht?
Nein, sie fanden mich nicht.
Doch es sickerte durch, daß der sechste Mond gegen die reißende Strömung floh
und das Meer sich – plötzlich! – erinnern konnte
an die Namen all seiner Ertrunkenen.

Tu infancia en Menton

Sí, tu niñez: ya fábula de fuentes.
Jorge Guillén

Sí, tu niñez: ya fábula de fuentes.
El tren y la mujer que llena el cielo.
Tu soledad esquiva en los hoteles
y tu máscara pura de otro signo.
Es la niñez del mar y tu silencio
donde los sabios vidrios se quebraban.
Es tu yerta ignorancia donde estuvo
mi torso limitado por el fuego.
Norma de amor te di, hombro de Apolo,
llanto con ruiseñor enajenado,
pero, pasto de ruina, te afilabas
para los breves sueños indecisos.
Pensamiento de enfrente, luz de ayer,
índices y señales del acaso.
Tu cintura de arena sin sosiego
atiende sólo rastros que no escalan.
Pero yo he de buscar por los rincones
tu alma tibia sin ti que no te entiende,
con el dolor de Apolo detenido
con que he roto la máscara que llevas.
Allí, león, allí, furia de cielo,
te dejaré pacer en mis mejillas;
allí, caballo azul de mi locura,
pulso de nebulosa y minutero.
He de buscar las piedras de alacranes
y los vestidos de tu madre niña,
llanto de media noche y paño roto
que quitó luna de la sien del muerto.
Sí, tu niñez: ya fábula de fuentes.
Alma extraña de mi hueco de venas,
te he de buscar pequeña y sin raíces.
¡Amor de siempre, amor, amor de nunca!

Deine Kindheit in Menton

Ja, deine Kindheit: Brunnemärchen schon.

Jorge Guillén

Ja, deine Kindheit: Brunnenmärchen schon.
Der Zug und die Frau, die den ganzen Himmel füllt.
Deine Menschenscheu in den Hotels,
deine reine Maske unter anderem Zeichen.
Es ist des Meeres Kindheit, ist dein Schweigen,
an dem die klugen Spiegelgläser brachen.
Es ist dein starrer Unverstand, vor dem
mein Torso sich im Feuerumriß zeigte.
Ich gab dir Liebesnorm, Apollos Schulter,
und Klagen mit verzückter Nachtigall,
doch dich fraß der Ruin und du verzehrtest
dich nach unverbindlich kurzen Träumen.
Denken von gegenüber, Licht von gestern,
Zufallszeichen, unbestimmte Winke.
Deine Lenden – ruheloser Sand –
nehmen keine Spuren auf, die steigen.
Ich jedoch muß in den Winkeln suchen
deine laue Seele, ohne dich, dir fremd,
mit dem Schmerz eines Apoll im Stillstand,
durch den ich deine Maske brechen konnte.
Dort, mein Löwe, dort, du Himmelsfurie,
lass' ich dich auf meinen Wangen weiden,
dort, du blaues Pferd aus meinem Wahnsinn,
Minutenzeiger, Puls astraler Nebel.
Ich muß Steine mit Skorpionen suchen
und die Mädchenkleider deiner Mutter,
die Tränen der Mitternacht und das zerrissene Tuch,
das die Schläfe des Toten vor Mondlicht schützte.
Ja, deine Kindheit: Brunnenmärchen schon.
Du fremde Seele meiner Lücke voller Adern,
ich muß dich suchen, klein und ohne Wurzeln.
Immerliebe, Liebe, Niemalsliebe!

¡Oh, sí! Yo quiero. ¡Amor, amor! Dejadme.
No me tapen la boca los que buscan
espigas de Saturno por la nieve
o castran animales por un cielo,
clínica y selva de la anatomía.
Amor, amor, amor. Niñez del mar.
Tu alma tibia sin ti que no te entiende.
Amor, amor, un vuelo de la corza
por el pecho sin fin de la blancura.
Y tu niñez, amor, y tu niñez.
El tren y la mujer que llena el cielo.
Ni tú, ni yo, ni el aire, ni las hojas.
Sí, tu niñez: ya fábula de fuentes.

Ja doch! Ich begehre. Liebe! So laßt mich doch.
Sie dürfen mir den Mund nicht stopfen – sie,
die im Schnee Saturns Getreide suchen,
sie kastrieren Vieh im Klinikhimmel,
im himmlischen Wald der Anatomie.
Liebe, Liebe, Liebe. Meereskindheit.
Deine laue Seele, ohne dich, dir fremd.
Liebe, Liebe, nur ein Satz des Rehs
über die endlos gewölbte Brust der Weiße.
Und deine Kindheit, Geliebter, deine Kindheit.
Der Zug und die Frau, die den ganzen Himmel füllt.
Weder du noch ich, noch Luft, noch Blätter.
Ja, deine Kindheit: Brunnenmärchen schon.

II

Los negros

Para Ángel del Río

II

Die Schwarzen

Für Ángel del Río

Norma y paraíso de los negros

Odian la sombra del pájaro
sobre el pleamar de la blanca mejilla
y el conflicto de luz y viento
en el salón de la nieve fría.

Odian la flecha sin cuerpo,
el pañuelo exacto de la despedida,
la aguja que mantiene presión y rosa
en el gramíneo rubor de la sonrisa.

Aman el azul desierto,
las vacilantes expresiones bovinas,
la mentirosa luna de los polos,
la danza curva del agua en la orilla.

Con la ciencia del tronco y el rastro
llenan de nervios luminosos la arcilla
y patinan lúbricos por aguas y arenas
gustando la amarga frescura de su milenaria salvia.

Es por el azul crujiente,
azul sin un gusano ni una huella dormida,
donde los huevos de avestruz quedan eternos
y deambulan intactas las lluvias bailarinas.

Es por el azul sin historia,
azul de una noche sin temor de día,
azul donde el desnudo del viento va quebrando
los camellos sonámbulos de las nubes vacías.

Es allí donde sueñan los torsos bajo la gula de la hierba.
Allí los corales empapan la desesperación de la tinta,
los durmientes borran sus perfiles bajo la madeja de los caracoles
y queda el hueco de la danza sobre las últimas cenizas.

Ideal und Paradies der Schwarzen

Sie hassen den Schatten des Vogels
auf dem Hochwasserspiegel der weißen Wange
und den Streit zwischen Licht und Wind
im Saal der kalten Schneekristalle.

Sie hassen den Pfeil ohne Körper,
das Abschiedstüchlein, exakt gefaltet,
und die Nadel, die den Rosendruck konstant hält
hinter der grasigen Röte eines Lächelns.

Sie lieben das wüste Blau,
die Mimik von Rindern in ihrem Schwanken,
den trügerischen Mond der Pole,
den geschwungenen Tanz des Wassers an den Stränden.

Dank ihrer Kenntnis von Deichsel und Harke
durchziehen sie den Lehm mit leuchtenden Nervensträngen
und schlittern schlüpfrig über Sand und Wasser,
und schmecken die bittere Frische ihres tausendjährigen Speichels.

Es ist im knirschenden Blau,
das weder Wurmstich noch schlafende Spur verschandeln,
wo die Straußeneier ewig liegenbleiben
und die tanzenden Regen unbeschadet wandeln.

Es ist im geschichtslosen Blau,
im Blau einer Nacht ohne Furcht vor den Tagen,
wo der nackte Körper des Windes nicht abläßt,
die somnambulen Kamele leerer Wolken zu zerschlagen.

Dort ist es, dort träumen die Torsi unter gefräßigen Gräsern.
Dort wird die Koralle in der Verzweiflung der Tinte gewaschen,
die Schlafenden löschen ihr eigenes Profil unterm Schneckenknäuel
und nur die Lücke des Tanzes schwebt noch über den Aschen.

El rey de Harlem

Con una cuchara
le arrancaba los ojos a los cocodrilos
y golpeaba el trasero de los monos.
Con una cuchara.

Fuego de siempre dormía en los pedernales
y los escarabajos borrachos de anís
olvidaban el musgo de las aldeas.

Aquel viejo cubierto de setas
iba al sitio donde lloraban los negros
mientras crujía la cuchara del rey
y llegaban los tanques de agua podrida.

Las rosas huían por los filos
de las últimas curvas del aire
y en los montones de azafrán
los niños machacaban pequeñas ardillas
con un rubor de frenesí manchado.

Es preciso cruzar los puentes
y llegar al rumor negro
para que el perfume de pulmón
nos golpee las sienes con su vestido
de caliente piña.

Es preciso matar al rubio vendedor de aguardiente,
a todos los amigos de la manzana y de la arena;
y es necesario dar con los puños cerrados
a las pequeñas judías que tiemblan llenas de burbujas,
para que el rey de Harlem cante con su muchedumbre,
para que los cocodrilos duerman en largas filas
bajo el amianto de la luna,

Der König von Harlem

Mit einem hölzernen Löffel
riß er den Krokodilen die Augen aus,
drosch er auf die Hintern der Affen ein.
Mit einem hölzernen Löffel.

In den Feuersteinen schlief die Glut der Vorzeit
und den Käfern schwand im Anisrausch
die Erinnerung an das Moos der Dörfer.

Jener Alte, auf dem Pilze wuchsen,
ging an den Ort, wo die Schwarzen weinten,
und des Königs Löffel knackte
und es kamen Tanks mit faulem Wasser.

Rosen flüchteten über die Ränder
der letzten Kurven, die der Luft noch blieben,
in den Safranhaufen saßen Kinder,
von gefleckter Raserei gerötet,
und zerquetschten kleine Eichhörnchen zu Brei.

Man muß die Brücken überqueren,
hinüber zum schwarzen Rumoren,
damit uns Lungenduft
an die Schläfen schlägt in seiner Hülle
aus warmer Ananas.

Man muß den blonden Schnapsverkäufer töten,
all die Freunde von Apfel und Sand,
und unbedingt muß man mit geballten Fäusten
die kleinen, zitternden, Luftblasen sprudelnden Jüdinnen schlagen,
damit der König von Harlem singt in der Masse der Seinen,
damit die Krokodile in langen Reihen schlafen
unterm Asbest des Mondes

y para que nadie dude la infinita belleza
de los plumeros, los ralladores, los cobres y las cacerolas de las cocinas.

¡Ay, Harlem! ¡Ay, Harlem! ¡Ay, Harlem!
No hay angustia comparable a tus rojos oprimidos,
a tu sangre estremecida dentro del eclipse oscuro,
a tu violencia granate, sordomuda en la penumbra,
a tu gran rey prisionero, con un traje de conserje.

* * *

Tenía la noche una hendidura y quietas salamandras de marfil.
Las muchachas americanas
llevaban niños y monedas en el vientre
y los muchachos se desmayaban en la cruz del desperezo.

Ellos son.
Ellos son los que beben el whisky de plata junto a los volcanes
y tragan pedacitos de corazón por las heladas montañas del oso.

* * *

Aquella noche el rey de Harlem, con una durísima cuchara,
le arrancaba los ojos a los cocodrilos
y golpeaba el trasero de los monos.
Con una durísima cuchara.

Los negros lloraban confundidos
entre paraguas y soles de oro,
los mulatos estiraban gomas, ansiosos de llegar al torso blanco,
y el viento empañaba espejos
y quebraba las venas de los bailarines.

Negros. Negros. Negros. Negros.

und damit keiner mehr zweifelt an der unendlichen Schönheit
der Wedel, Reiben, Kupferpfannen und der Kasserollen in den Küchen.

Ach, Harlem, Harlem, Harlem!
Es gibt keine Angst, die deiner unterdrückten Röte gliche,
deinem Blut, das in der Sonnenfinsternis erschauert,
deinem Wüten, taubstumm, glühend wie Granat im Zwielicht,
deinem großen gefangenen König in seiner Pförtnerlivree.

* * *

Ein Spalt war in der Nacht und stille Salamander aus Elfenbein.
Die amerikanischen Mädchen
trugen Kinder und Münzen im Bauch
und die Jungen fielen in Ohnmacht, ans Kreuz des Räkelns geschlagen.

Sie aber sind.
Sie sind es, die Silberwhisky trinken dicht bei den Vulkanen
und stückchenweise Herzen schlingen im Eisgebirge des Bären.

* * *

Der König von Harlem riß in jener Nacht mit einem harten harten Löffel
den Krokodilen die Augen aus
und drosch auf die Hintern der Affen ein.
Mit einem harten harten Löffel.

Die Schwarzen weinten verwirrt
zwischen Schirmen und goldenen Sonnen,
die Mulatten dehnten ihre Gummis voller Ehrgeiz nach dem weißen Torso,
und der Wind machte die Spiegel trüb
und zerbrach den Tänzern die Adern.

Schwarze! Schwarze! Schwarze! Schwarze!

La sangre no tiene puertas en vuestra noche boca arriba.
No hay rubor. Sangre furiosa por debajo de las pieles.
Viva en la espina del puñal y en el pecho de los paisajes,
bajo las pinzas y las retamas de la celeste luna de Cáncer.

Sangre que busca por mil caminos muertes enharinadas y ceniza de nardo,
cielos yertos en declive donde las colonias de planetas
rueden por las playas con los objetos abandonados.

Sangre que mira lenta con el rabo del ojo,
hecha de espartos exprimidos, néctares de subterráneos.
Sangre que oxida al alisio descuidado en una huella
y disuelve a las mariposas en los cristales de la ventana.

Es la sangre que viene, que vendrá
por los tejados y azoteas, por todas partes,
para quemar la clorofila de las mujeres rubias,
para gemir al pie de las camas, ante el insomnio de los lavabos,
y estrellarse en una aurora de tabaco y bajo amarillo.

¡Hay que huir!,
huir por las esquinas y encerrarse en los últimos pisos,
porque el tuétano del bosque penetrará por las rendijas
para dejar en vuestra carne una leve huella de eclipse
y una falsa tristeza de guante desteñido y rosa química.

* * *

Es por el silencio sapientísimo
cuando los camareros y los cocineros y los que limpian con la lengua
las heridas de los millonarios
buscan al rey por las calles o en los ángulos del salitre.

Un viento sur de madera, oblicuo en el negro fango,
escupe a las barcas rotas y se clava puntillas en los hombros.
Un viento sur que lleva

Es gibt für das Blut keine Pforten in eurer rücklings hingestreckten Nacht.
Es gibt kein Erröten. Blut tobt unter den Häuten,
lebt auf dem Grat des Dolches, in der Brust der Landschaft
und unter Scheren und Ginster auf dem Mond im Sternbild Krebs.

Blut, auf tausend Wegen sucht es mehlweiße Tode, Narden-Asche,
starre, abschüssige Himmel, wo sich die Planetenkolonien
mit den weggeworfenen Sachen auf den Stränden wälzen.

Blut, das zäh blickt aus dem Augenwinkel,
Blut, aus Büffelgras gepreßt, aus dem Nektar der Untergrundbahn;
das den achtlosen Passatwind in der Spur verrosten läßt
und die Schmetterlinge auf dem Fensterglas zersetzt.

Es ist das Blut, das kommt und kommen wird
über Dächer, Terrassen, von überall her,
um das Chlorophyll der blonden Frauen zu versengen,
um am Fuß der Betten zu stöhnen, wo schlaflos die Waschbecken stehen,
und dann auf einem Morgenrot aus fahlem Gelb und Tabak zu zerspritzen.

Da hilft nur Flucht!
Ihr müßt um die Ecken fliehen und euch in den höchsten Etagen verbarrikadieren,
denn das Mark des Waldes wird durch die Ritzen sickern,
euch das Fleisch zu zeichnen mit dem Abdruck einer Sonnenfinsternis
und der falschen Schwermut von verblaßten Handschuhn und Synthetik-Rosen.

* * *

Wenn das neunmalkluge Schweigen herrscht,
gehn die Kellner, die Köche und die, die mit der Zunge
die Wunden der Millionäre säubern,
auf die Suche nach dem König in den Straßen und Salpeter-Winkeln.

Ein hölzerner Südwind, schräg im schwarzen Schlamm,
spuckt die lecken Schiffe aus und jagt sich Genickstöße zwischen die Schultern.
Ein Südwind, der

colmillos, girasoles, alfabetos
y una pila de Volta con avispas ahogadas.

El olvido estaba expresado por tres gotas de tinta sobre el monóculo.
El amor, por un solo rostro invisible a flor de piedra.
Médulas y corolas componían sobre las nubes
un desierto de tallos, sin una sola rosa.

A la izquierda, a la derecha, por el Sur y por el Norte,
se levanta el muro impasible
para el topo y la aguja del agua.
No busquéis, negros, su grieta
para hallar la máscara infinita.
Buscar el gran sol del centro
hechos una piña zumbadora.
El sol que se desliza por los bosques
seguro de no encontrar una ninfa.
El sol que destruye números y no ha cruzado nunca un sueño,
el tatuado sol que baja por el río
y muge seguido de caimanes.

Negros. Negros. Negros. Negros.

Jamás sierpe, ni cebra, ni mula
palidecieron al morir.
El leñador no sabe cuándo expiran
los clamorosos árboles que corta.
Aguardad bajo la sombra vegetal de vuestro rey
a que cicutas y cardos y ortigas turben postreras azoteas.

Entonces, negros, entonces, entonces,
podréis besar con frenesí las ruedas de las bicicletas,
poner parejas de microscopios en las cuevas de las ardillas
y danzar al fin sin duda, mientras las flores erizadas
asesinan a vuestro Moisés casi en los juncos del cielo.

Reißzähne, Sonnenblumen, Alphabete
und eine Batterie voll ertrunkener Wespen bringt.

Das Vergessen war dargestellt durch drei Tropfen Tinte auf dem Monokel.
Die Liebe durch ein einziges Gesicht, das die Steinoberfläche nicht zeigte.
Mark und Blütenblätter bildeten über den Wolken
eine Stengelwildnis ohne eine Rose.

Zur Linken, zur Rechten, im Süden, im Norden
erhebt sich die undurchdringliche Mauer,
die dem Maulwurf und der Wassernadel widersteht.
Sucht nicht den Riß darin, ihr Schwarzen,
um die unendliche Maske zu finden.
Sucht die große zentrale Sonne,
ballt euch zur summenden Ananas.
Die Sonne, die den Wald durchstreift
und weiß, sie wird dort keine Nymphe treffen.
Die Sonne, die Zahlen zertrümmert und niemals einen Traum durchquert hat,
die tätowierte Sonne, die flußabwärts schwimmt,
brüllend, mit Kaimanen im Gefolge.

Schwarze! Schwarze! Schwarze! Schwarze!

Keine Schlange, kein Zebra, kein Maultier
ist je vor dem Tod erbleicht.
Der Holzfäller weiß nicht, wann die schreienden Bäume
unter seiner Axt verenden.
Wartet ab im Pflanzenschatten eures Königs,
bis durch Schierling, Disteln, Nesseln auch die letzte Dachterrasse irr wird.

Dann, ihr Schwarzen, dann, ja dann
könnt ihr frenetisch die Fahrradfelgen küssen,
je zwei Mikroskope in die Eichhornkobel stellen
und endlich frei von Zweifel tanzen, während hochgereckte Blumen
euern Moses morden, kurz bevor er das Schilf des Himmels erreicht!

¡Ay, Harlem disfrazada!
¡Ay, Harlem, amenazada por un gentío de trajes sin cabeza!
Me llega tu rumor,
me llega tu rumor atravesando troncos y ascensores,
a través de láminas grises,
donde flotan tus automóviles cubiertos de dientes,
a través de los caballos muertos y los crímenes diminutos,
a través de tu gran rey desesperado,
cuyas barbas llegan al mar.

Ach, Harlem, so verkleidet!
Ach, Harlem, so bedroht durch einen Andrang von Anzügen ohne Kopf!
Dein Rumoren dringt zu mir,
dein Rumoren dringt zu mir durch Schäfte und Aufzüge,
durch graue Bleche,
auf denen gespickt mit Zähnen deine Autos schweben,
durch die toten Pferde und die winzigen Verbrechen,
durch deinen großen verzweifelten König,
dessen Bart reicht bis zum Meer.

Iglesia abandonada
(Balada de la Gran Guerra)

Yo tenía un hijo que se llamaba Juan.
Yo tenía un hijo.
Se perdió por los arcos un viernes de todos los muertos.
Lo vi jugar en las últimas escaleras de la misa
y echaba un cubito de hojalata en el corazón del sacerdote.
He golpeado los ataúdes. ¡Mi hijo! ¡Mi hijo! ¡Mi hijo!
Saqué una pata de gallina por detrás de la luna, y luego
comprendí que mi niña era un pez
por donde se alejan las carretas.
Yo tenía una niña.
Yo tenía un pez muerto bajo la ceniza de los incensarios.
Yo tenía un mar. ¿De qué? Dios mío. ¡Un mar!
Subí a tocar las campanas, pero las frutas tenían gusanos
y las cerillas apagadas
se comían los trigos de la primavera.
Yo vi la transparente cigüeña de alcohol
mondar las negras cabezas de los soldados agonizantes
y vi las cabañas de goma
donde giraban las copas llenas de lágrimas.
En las anémonas del ofertorio te encontraré, ¡corazón mío!,
cuando el sacerdote levante la mula y el buey con sus fuertes brazos,
para espantar los sapos nocturnos que rondan los helados paisajes del cáliz.
Yo tenía un hijo que era un gigante,
pero los muertos son más fuertes y saben devorar pedazos de cielo.
Si mi niño hubiera sido un oso,
yo no temería el sigilo de los caimanes,
ni hubiese visto al mar amarrado a los árboles
para ser fornicado y herido por el tropel de los regimientos.
¡Si mi niño hubiera sido un oso!
Me envolveré sobre esta lona dura para no sentir el frío de
[los musgos.
Sé muy bien que me darán una manga o la corbata;

Verlassene Kirche

(Ballade vom Ersten Weltkrieg)

Ich hatte einen Sohn der hieß Hans.
Ich hatte einen Sohn.
Er verschwand in den Arkaden eines Freitags Allertoten.
Auf den höchsten Treppen der Messe sah ich ihn spielen
und er warf einen kleinen blechernen Eimer ins Herz des Priesters.
Ich habe auf die Särge geschlagen: Mein Sohn! Mein Sohn! Mein Sohn!
Ich zog einen Hühnerfuß hinter dem Mond hervor und dann
begriff ich: meine Tochter war ein Fisch
dort, wo die Karren in der Ferne verschwinden.
Ich hatte eine Tochter.
Ich hatte einen toten Fisch unter der Asche der Weihrauchschwenker.
Ich hatte ein Meer, wovon? Mein Gott! Ein Meer!
Ich stieg hinauf, um die Glocken zu läuten, doch das Obst war voller Würmer
und erloschene Streichhölzer
fraßen den Frühlingsweizen.
Ich sah den durchsichtigen Alkoholstorch
die schwarzen Köpfe der sterbenden Soldaten stutzen
und sah die Gummihütten,
wo die Tränenbecher kreisten.
In den Anemonen des Opfergebets werde ich dich finden, mein Herz!
wenn der Priester mit starken Armen Ochs und Esel hochhebt,
um die nächtlichen Kröten zu scheuchen, die die Eislandschaften des Kelches
[umschleichen.
Ich hatte einen Sohn der war ein Riese.
Aber die Toten sind stärker und können Stücke aus dem Himmel fressen.
Wenn mein Sohn ein Bär gewesen wäre,
hätte ich keine Angst vor dem Schweigen der Kaimane,
hätte nie das Meer gesehen, festgezurrt an Bäumen,
um vom Sturm der Regimenter wund gehurt zu werden.
Ja, wenn mein Sohn ein Bär gewesen wäre!
Auf dieser harten Plane werde ich mich zusammenrollen, um nicht zu spüren,
[wie kalt die Moose sind.
Ich weiß wohl, man wird mir einen Ärmel oder die Krawatte geben;

pero en el centro de la misa yo romperé el timón y entonces
vendrá a la piedra la locura de pingüinos y gaviotas
que harán decir a los que duermen y a los que cantan por las esquinas:
Él tenía un hijo.
Un hijo. Un hijo. Un hijo
que no era más que suyo, porque era su hijo.
Su hijo. Su hijo. Su hijo.

doch im Mittelpunkt der Messe zerbreche ich das Steuer, und dann
kommt über den Stein der Wahnsinn von Möwen und Pinguinen,
und sie werden die Schläfer und die Sänger an den Ecken zwingen, auszurufen:
Er hatte einen Sohn.
Einen Sohn. Einen Sohn. Einen Sohn,
der nur zu ihm gehörte, denn er war sein Sohn.
Sein Sohn. Sein Sohn. Sein Sohn.

III

Calles y sueños

A Rafael R. Rapún

Un pájaro de papel en el pecho
dice que el tiempo de los besos no ha llegado.

Vicente Aleixandre

III

Straßen und Träume

Für Rafael R. Rapún

Ein Vogel aus Papier in meiner Brust
sagt, die Zeit der Küsse ist noch nicht gekommen.

Vicente Aleixandre

Danza de la muerte

El mascarón. Mirad el mascarón
cómo viene del África a New York.

Se fueron los árboles de la pimienta,
los pequeños botones de fósforo.
Se fueron los camellos de carne desgarrada
y los valles de luz que el cisne levantaba con el pico.

Era el momento de las cosas secas:
de la espiga en el ojo y el gato laminado;
del óxido de hierro de los grandes puentes
y el definitivo silencio del corcho.

Era la gran reunión de los animales muertos
traspasados por las espadas de la luz.
La alegría eterna del hipopótamo con las pezuñas de ceniza
y de la gacela con una siempreviva en la garganta.

En la marchita soledad sin onda
el abollado mascarón danzaba.
Medio lado del mundo era de arena,
mercurio y sol dormido el otro medio.

El mascarón. ¡Mirad el mascarón!
Arena, caimán y miedo sobre Nueva York.

Desfiladeros de cal aprisionaban un cielo vacío
donde sonaban las voces de los que mueren bajo el guano.
Un cielo mondado y puro, idéntico a sí mismo,
con el bozo y lirio agudo de sus montañas invisibles.

Acabó con los más leves tallitos del canto
y se fue al diluvio empaquetado de la savia,

Totentanz

Die Maske. Seht nur, wie die Maske kommt –
von Afrika nach New York.

Verschwunden sind die Pfefferbäume
und die kleinen Phosphorknospen.
Verschwunden die Kamele, deren Fleisch in Fetzen hing,
und die lichten Täler, die der Schwan mit seinem Schnabel aufwarf.

Es war der Augenblick der trockenen Dinge:
des Dorns im Auge und der flachgewalzten Katze;
des Eisenoxids an den hohen Brücken
und des endgültig schweigenden Korks.

Es war die große Versammlung der toten Tiere,
sie kamen durchbohrt von den Klingen des Lichts.
Zur ewigen Freude des Nilpferds mit seinen Aschehufen
und der Gazelle mit Immortelle im Hals.

In der welken, wellenlosen Öde
tanzte die verbeulte Maske ihren Tanz.
Zur einen Hälfte war die Welt aus Sand,
zur anderen aus Quecksilber und aus entschlafener Sonne.

Die Maske. Seht nur, die Maske!
Sand, Kaiman und Furcht kommen über New York.

Enge Schluchten aus Kalk waren Kerker eines leeren Himmels,
wo die Rufe der Leute hallten, die im Guano ersticken.
Es war ein geputzter, reiner, mit sich identischer Himmel
mit Flaum und spitzer Lilie auf unsichtbaren Bergen,

er machte Schluß mit den feinsten Stengeln des Gesanges
und verschwand in der wohlverpackten Sintflut der Säfte,

a través del descanso de los últimos desfiles
levantando con el rabo pedazos de espejo.

Cuando el chino lloraba en el tejado
sin encontrar el desnudo de su mujer,
y el director del banco observaba e manómetro
que mide el cruel silencio de la moneda,
el mascarón llegaba a Wall Street.

No es extraño para la danza
este columbario que pone los ojos amarillos.
De la esfinge a la caja de caudales hay un hilo tenso
que atraviesa el corazón de todos los niños pobres.
El ímpetu primitivo baila con el ímpetu mecánico,
ignorantes en su frenesí de la luz original.
Porque si la rueda olvida su fórmula,
ya puede cantar desnuda con las manadas de caballos;
y si una llama quema los helados proyectos
el cielo tendrá que huir ante el tumulto de las ventanas.

No es extraño este sitio para la danza. Yo lo digo.
El mascarón bailará entre columnas de sangre y de números,
entre huracanes de oro y gemidos de obreros parados
que aullarán, noche oscura, por tu tiempo sin luces.
¡Oh salvaje Norteamérica!, ¡oh impúdica!, ¡oh salvaje!
Tendida en la frontera de la nieve.

El mascarón. ¡Mirad el mascarón!
¡Qué ola de fango y luciérnagas sobre Nueva York!

* * *

Yo estaba en la terraza luchando con la luna.
Enjambres de ventanas acribillaban un muslo de la noche.
En mis ojos bebían las dulces vacas de los cielos
y las brisas de largos remos
golpeaban los cenicientos cristales del Broadway.

er ging durch die Pause der letzten Paraden,
sein Schweif aber wirbelte Spiegelscherben auf.

Als der Chinese auf dem Flachdach weinte
und doch den nackten Körper seiner Frau nicht fand,
und der Bankdirektor auf dem Manometer ablas,
wie hoch das grausame Schweigen des Geldes stand,
da brach die Maske in die Wall Street ein.

Kein schlechter Ort für den Tanz,
dies Kolumbarium, das gelbe Augen aufschlägt.
Sphinx und Tresor verbindet ein gespannter Faden,
der durch die Herzen aller armen Kinder läuft.
Der primitive Antrieb tanzt mit dem mechanischen,
und in ihr Toben fällt kein Schimmer des ursprünglichen Lichts.
Denn wenn das Rad seine Formel vergißt,
dann kann es nackt mit den Pferdeherden singen;
und wenn eine Flamme die eisigen Pläne versengt,
dann treibt der Aufruhr der Fenster den Himmel davon.

Dies ist kein schlechter Ort für den Tanz. Das sage ich euch.
Die Maske wird tanzen durch Blut- und Zahlenkolonnen,
durch Orkane von Gold, durch das Wimmern der Arbeitslosen;
du wirst sie heulen hören, dunkle Nacht, in deinen lichtlosen Stunden.
O wildes Nordamerika! Schamlos und wild!
Wie du da an der Schneegrenze liegst.

Die Maske. Seht nur, die Maske!
Eine Woge aus Schlamm und Leuchtkäfern über New York!

* * *

Ich stand auf der Terrasse und kämpfte mit dem Mond.
Einen Schenkel der Nacht durchsiebten Fensterschwärme.
Aus meinen Augen tranken die sanften Himmelskühe,
und Brisen mit langen Rudern
stießen gegen die aschgrauen Scheiben des Broadway.

La gota de sangre buscaba la luz de la yema del astro
para fingir una muerta semilla de manzana.
El aire de la llanura, empujado por los pastores,
temblaba con un miedo de molusco sin concha.

Pero no son los muertos los que bailan.
Estoy seguro.
Los muertos están embebidos devorando sus propias manos.
Son los otros los que bailan con el mascarón y su vihuela.
Son los otros, los borrachos de plata, los hombres fríos,
los que duermen en el cruce de los muslos y llamas duras,
los que buscan la lombriz en el paisaje de las escaleras,
los que beben en el banco lágrimas de niña muerta
o los que comen por las esquinas diminutas pirámides del alba.

¡Que no baile el Papa!
¡No,
que no baile el Papa!
Ni el Rey,
ni el millonario de dientes azules,
ni las bailarinas secas de las catedrales,
ni constructores, ni esmeraldas, ni locos, ni sodomitas.
Sólo este mascarón.
Este mascarón de vieja escarlatina.
¡Sólo este mascarón!

Que ya las cobras silbarán por los últimos pisos.
Que ya las ortigas estremecerán patios y terrazas.
Que ya la Bolsa será una pirámide de musgo.
Que ya vendrán lianas después de los fusiles
y muy pronto, muy pronto, muy pronto.
¡Ay, Wall Street!

El mascarón. ¡Mirad el mascarón!
¡Cómo escupe veneno de bosque
por la angustia imperfecta de Nueva York!

Diciembre 1929

Der Blutstropfen suchte Licht im Sternendotter,
um auszusehen wie ein toter Apfelkern.
Der Wind der Ebene, hart bedrängt von den Hirten,
bebte vor Angst wie ein Weichtier ohne Gehäuse.

Doch nicht die Toten tanzen.
Da bin ich sicher.
Die Toten sind ganz vertieft darin, ihre Hände zu fressen.
Es sind die anderen, die tanzen und denen die Maske aufspielt.
Es sind die anderen, die Silbersäufer, die Kalten,
die schlafen gehn, wo Schenkel sich mit harten Flammen kreuzen,
die Regenwürmer suchen in der Treppenlandschaft,
die in der Bank die Tränen toter Mädchen trinken
und auch die, die an den Ecken winzig kleine Morgenpyramiden schlucken.

Laßt den Papst nicht tanzen!
Nein,
laßt bloß den Papst nicht tanzen!
Noch den König,
noch den Millionär mit seinen blauen Zähnen,
noch die dürren Kathedralentänzerinnen,
noch Konstrukteure, Edelsteine, Irre, Sodomiten.
Nur diese Maske.
Diese Maske aus altem Scharlach.
Nur diese Maske!

Denn auf den höchsten Etagen werden die Kobras zischen.
Denn die Brennesseln werden Terrassen und Höfe erschüttern.
Denn die Börse wird eine Moospyramide sein.
Denn nach den Gewehren werden Lianen kommen
und zwar bald, sehr bald, sehr bald.
Arme Wall Street!

Die Maske. Seht nur, die Maske!
Wie sie ihr Waldgift speit
über die unzureichende Angst von New York!

Dezember 1929

Paisaje de la multitud que vomita

(Anochecer de Coney Island)

La mujer gorda venía delante
arrancando las raíces y mojando el pergamino de los tambores.
La mujer gorda,
que vuelve del revés los pulpos agonizantes.
La mujer gorda, enemiga de la luna,
corría por las calles y los pisos deshabitados
y dejaba por los rincones pequeñas calaveras de paloma
y levantaba las furias de los banquetes de los siglos últimos
y llamaba al demonio del pan por las colinas del cielo barrido
y filtraba un ansia de luz en las circulaciones subterráneas.
Son los cementerios. Lo sé. Son los cementerios
y el dolor de las cocinas enterradas bajo la arena.
Son los muertos, los faisanes y las manzanas de otra hora
los que nos empujan en la garganta.

Llegaban los rumores de la selva del vómito
con las mujeres vacías, con niños de cera caliente,
con árboles fermentados y camareros incansables
que sirven platos de sal bajo las arpas de la saliva.
Sin remedio, hijo mío. ¡Vomita! No hay remedio.
No es el vómito de los húsares sobre los pechos de la prostituta,
ni el vómito del gato que se tragó una rana por descuido.
Son los muertos que arañan con sus manos de tierra
las puertas de pedernal donde se pudren nublos y postres.

La mujer gorda venía delante
con las gentes de los barcos, de las tabernas y de los jardines.
El vómito agitaba delicadamente sus tambores
entre algunas niñas de sangre
que pedían protección a la luna.
¡Ay de mí! ¡Ay de mí! ¡Ay de mí!
Esta mirada mía fue mía, pero ya no es mía.

Landschaft mit Menschenmenge, die sich erbricht
(Abend auf Coney Island)

Die fette Frau kam vorneweg,
riß die Wurzeln aus und durchnäßte das Pergament auf den Trommeln.
Die fette Frau,
die die sterbenden Tintenfische auf links dreht.
Die fette mondfeindliche Frau
rannte durch die Straßen und geräumten Wohnungen,
ließ kleine Taubentotenköpfe in den Ecken liegen,
scheuchte die Gelagefurien der letzten Jahrhunderte auf,
rief nach dem Dämon des Brotes auf den Hügeln des leergefegten Himmels
und ließ eine Gier nach Licht in die Untergrund-Kreisläufe sickern.
Es sind die Friedhöfe. Ich weiß, es sind die Friedhöfe
und der Schmerz der unterm Sand begrabenen Küchen.
Es sind die Toten, die Fasane und die Äpfel anderer Zeiten,
die uns die Kehle hoch drängen.

Es kam das wirre Rumoren aus dem Wald des Erbrechens
mit den leeren Frauen, mit Kindern aus warmem Wachs,
mit gärenden Bäumen und unermüdlichen Kellnern,
die tellerweise Salz servieren unter den Speichelharfen.
Es hilft nichts, mein Sohn. Erbrich es! Dagegen gibt es kein Mittel.
Es ist weder das Erbrechen der Husaren über die Brüste der Prostituierten
noch das Erbrechen der Katze, die achtlos einen Frosch verschluckt hat.
Es sind die Toten, ihre Erdhände kratzen
an den steinernen Pforten, wo Pudding und Plätzchen verfaulen.

Die fette Frau kam vorneweg
mit den Leuten von den Schiffen, den Kneipen und den Gärten.
Das Erbrechen rührte leise seine Trommeln
zwischen einigen Mädchen aus Blut,
die Schutz vom Mond erflehten.
Ich Armer! Ich Armer! Ich Armer!
Dieser Blick war mein und ist es nicht mehr.

Esta mirada que tiembla desnuda por el alcohol
y despide barcos increíbles
por las anémonas de los muelles.
Me defiendo con esta mirada
que mana de las ondas por donde el alba no se atreve.
Yo, poeta sin brazos, perdido
entre la multitud que vomita,
sin caballo efusivo que corte
los espesos musgos de mis sienes.

Pero la mujer gorda seguía delante
y la gente buscaba las farmacias
donde el amargo trópico se fija.
Sólo cuando izaron la bandera y llegaron los primeros canes
la ciudad entera se agolpó en las barandillas del embarcadero.

Nueva York, 29 de diciembre de 1929

Dieser Blick, der nackt im Alkohol zittert
und unglaubliche Schiffe entsendet
durch die Anemonen der Kais.
Er ist meine Waffe, dieser Blick,
der von jenen Wellen kommt, zu denen der Morgen sich nicht vorwagt.
Ich, ein Dichter ohne Arme, verirrt
in der Menge, die sich erbricht,
ohne überschwengliches Pferd,
das das dichte Moos auf meinen Schläfen kappt.

Doch die fette Frau kam immer noch vornweg
und die Leute suchten nach den Apotheken,
wo der bittere Wendekreis zum Stillstand kommt.
Erst als man die Flagge hißte und die ersten Hunde kamen,
staute sich die ganze Stadt an den Geländern der Landungsbrücke.

New York, 29. Dezember 1929

Paisaje de la multitud que orina
(Nocturno de Battery Place)

Se quedaron solos.
Aguardaban la velocidad de las últimas bicicletas.
Se quedaron solas.
Esperaban la muerte de un niño en el velero japonés.
Se quedaron solos y solas.
Soñando con los picos abiertos de los pájaros agonizantes,
con el agudo quitasol que pincha
al sapo recién aplastado,
bajo un silencio con mil orejas
y diminutas bocas de agua
en los desfiladeros que resisten
el ataque violento de la luna.
Lloraba el niño del velero y se quebraban los corazones
angustiados por el testigo y la vigilia de todas las cosas
y porque todavía en el suelo celeste de negras huellas
gritaban nombres oscuros, salivas y radios de níquel.
No importa que el niño calle cuando le claven el último alfiler.
Ni importa la derrota de la brisa en la corola del algodón.
Porque hay un mundo de la muerte con marineros definitivos
que se asomarán a los arcos y os helarán por detrás de los árboles.
Es inútil buscar el recodo
donde la noche olvida su viaje
y acechar un silencio que no tenga
trajes rotos y cáscaras y llanto,
porque tan sólo el diminuto banquete de la araña
basta para romper el equilibrio de todo el cielo.
No hay remedio para el gemido del velero japonés,
ni para estas gentes ocultas que tropiezan con las esquinas.
El campo se muerde la cola para unir las raíces en un punto
y el ovillo busca por la grama su ansia de longitud insatisfecha.

Landschaft mit urinierender Menschenmenge

(Battery-Place-Nocturne)

Sie blieben allein, die Männer.
Sie sahen dem Tempo der letzten Fahrradstaffel entgegen.
Sie blieben allein, die Frauen.
Sie warteten auf den Tod eines Jungen an Bord des japanischen Seglers.
Sie blieben alleine, Männer wie Frauen.
Sie träumten von den klaffenden Schnäbeln sterbender Vögel,
vom Stochern des spitzen Sonnenschirms
in der frisch zertretenen Kröte,
und es herrschte ein Schweigen mit tausend Ohren
und winzigen Wassermündern
in engen Schluchten, die dem wütenden
Ansturm des Monds widerstehn.
Der Junge auf dem Segler weinte, und die Herzen brachen
aus Angst vor dem Zeugen und der Totenwache aller Dinge
und auch, weil aus dem himmelblauen Boden mit den schwarzen Spuren
immer noch dunkle Namen und Spucke und Nickel-Radios schrien.
Es macht nichts, daß der Junge stumm wird, wenn man ihm die letzte Nadel setzt,
und daß die Brise in der Baumwollblüte unterliegt,
denn es gibt eine Totenwelt mit Matrosen, die endgültig sind,
die werden in den Arkaden auftauchen und euch hinter Bäumen gefrieren lassen.
Es nützt nichts, die Biegung zu suchen,
wo die Nacht ihre Reise vergißt,
und auf ein Schweigen zu lauern,
das frei von zerrissenen Kleidern, Schalen und Tränen ist,
wenn selbst das winzige Festmahl der Spinne genügt,
den ganzen Himmel aus dem Gleichgewicht zu bringen.
Nichts hilft gegen das Wimmern auf dem japanischen Segler,
nichts hilft den Leuten im Zwielicht, die gegen die Ecken taumeln.
Das Feld beißt sich in den Schwanz, um all seine Wurzeln in einem Punkt
[zu vereinen,
und das Knäuel folgt im wilden Gras seiner unbefriedigten Sehnsucht nach Länge.

¡La luna! Los policías. ¡Las sirenas de los transatlánticos!
Fachadas de orin, de humo, anémonas, guantes de goma.
Todo está roto por la noche,
abierta de piernas sobre las terrazas.
Todo está roto por los tibios caños
de una terrible fuente silenciosa.
¡Oh gentes! Oh mujercillas. ¡Oh soldados!
Será preciso viajar por los ojos de los idiotas,
campos libres donde silban mansas cobras deslumbradas,
paisajes llenos de sepulcros que producen fresquísimas manzanas,
para que venga la luz desmedida
que temen los ricos detrás de sus lupas,
el olor de un solo cuerpo con la doble vertiente de lis y rata
y para que se quemen estas gentes que pueden orinar
[alrededor de un gemido
o en los cristales donde se comprenden las olas nunca repetidas.

Der Mond! Die Polizisten. Die Sirenen der Überseedampfer!
Urinfassaden, Rauchfassaden, Anemonen, Gummihandschuhe.
Alles ist hin in der Nacht,
die über den Terrassen ihre Beine spreizt.
Alles ist hin in den lauwarmen Wasserstrahlen
eines schrecklichen, lautlosen Brunnens.
O Leute! Leichte Mädchen! O Soldaten!
Ihr werdet reisen müssen durch die Augen der Idioten,
durch freies Feld, erfüllt vom Zischen zahmer, geblendeter Kobras,
durch Landschaften voller Gräber, aus denen taufrische Äpfel wachsen,
damit das grenzenlose Licht erscheint,
das die Reichen hinter ihren Lupen fürchten
– der Duft eines einzigen Körpers mit zweifacher Neigung: Lilie und Ratte –
und damit diese Leute brennen, die fähig sind, rings um ein Wimmern zu
[urinieren,
ja selbst auf die Kristalle, wo die Wellen, die nie wiederkommen, faßbar werden.

Asesinato

(Dos voces de madrugada en Riverside Drive)

– *¿Cómo fue?*
– Una grieta en la mejilla.
¡Eso es todo!
Una uña que aprieta el tallo.
Un alfiler que bucea
hasta encontrar las raicillas del grito.
Y el mar deja de moverse.
– *¿Cómo, cómo fue?*
– Así.
– *¡Déjame! ¿De esa manera?*
– Sí.
El corazón salió solo.
– *¡Ay, ay de mí!*

Mord

(Zwei Stimmen im Morgengrauen, Riverside Drive)

– *Wie war es?*
– Ein Schlitz in der Wange.
Das war alles!
Ein Fingernagel quetscht den Stengel ab.
Eine Nadel taucht in die Tiefe
bis zu den feinsten Wurzeln des Schreies.
Und das Meer steht still.
– *Wie, sag doch, wie war es?*
– So.
– *Hör auf! Einfach so?*
– Ja.
Das Herz sprang von allein raus.
– *Das überlebe ich nicht!*

Navidad en el Hudson

¡Esa esponja gris!
Ese marinero recién degollado.
Ese río grande.
Esa brisa de límites oscuros.
Ese filo, amor, ese filo.
Estaban los cuatro marineros luchando con el mundo.
Con el mundo de aristas que ven todos los ojos.
Con el mundo que no se puede recorrer sin caballos.
Estaban uno, cien, mil marineros
luchando con el mundo de las agudas velocidades,
sin enterarse de que el mundo
estaba solo por el cielo.

El mundo solo por el cielo solo.
Son las colinas de martillos y el triunfo de la hierba espesa.
Son los vivísimos hormigueros y las monedas en el fango.
El mundo solo por el cielo solo
y el aire a la salida de todas las aldeas.

Cantaba la lombriz el terror de la rueda
y el marinero degollado
cantaba al oso de agua que lo había de estrechar;
y todos cantaban aleluya,
aleluya. Cielo desierto.
Es lo mismo, ¡lo mismo!, aleluya.

He pasado toda la noche en los andamios de los arrabales
dejándome la sangre por la escayola de los proyectos,
ayudando a los marineros a recoger las velas desgarradas.
Y estoy con las manos vacías en el rumor de la desembocadura.
No importa que cada minuto
un niño nuevo agite sus ramitos de venas,
ni que el parto de la víbora, desatado bajo las ramas,

Weihnachten am Hudson

Dieser graue Schwamm!
Dieser frisch geköpfte Matrose.
Dieser große Strom.
Diese Brise mit ihren dunklen Grenzen.
Diese Schneide, meine Liebe, diese Schneide.
Die vier Matrosen kämpften ihren Kampf mit der Welt.
Mit der Welt der scharfen Kanten, die alle Augen sehn.
Mit der Welt, die ohne Pferde nicht durchmessen werden kann.
Einer, hundert, ja tausend Matrosen
im Kampf mit der Welt der scharfen Geschwindigkeiten
merkten gar nicht, daß die Welt
ganz einsam am Himmel stand.

Einsame Welt am einsamen Himmel.
Das sind die Hügel aus Hämmern und der Triumph des dichten Grases.
Das sind die quicklebendigen Ameisenhaufen und die Münzen im Schlamm.
Einsame Welt am einsamen Himmel
und der Wind am Ende aller Dörfer.

Der Wurm besang den Schrecken des Rades
und der geköpfte Matrose
besang die Umarmung des Wasserbären, die ihm bevorstand;
und alle sangen sie halleluja,
halleluja. Öder Himmel.
Es bleibt sich gleich, ganz gleich! Halleluja.

Die ganze Nacht habe ich auf den Gerüsten der Vorstädte verbracht,
habe Blut gelassen auf dem Stuck der Entwürfe
und den Matrosen geholfen, zerfetzte Segel zu reffen.
Da bin ich nun, mit leeren Händen, im Brausen der Mündung.
Es zählt nicht, daß jede Minute
ein neues Kind das Geäst seiner Äderchen regt,
noch, daß der Wurf der Viper, unter den Ästen entbunden,

calme la sed de sangre de los que miran el desnudo.
Lo que importa es esto: hueco. Mundo solo. Desembocadura.
Alba no. Fábula inerte.
Sólo esto: desembocadura.
Oh esponja mía gris.
Oh cuello mío recién degollado.
Oh río grande mío.
Oh brisa mía de límites que no son míos.
Oh filo de mi amor, oh hiriente filo.

Nueva York, 27 de diciembre de 1929

den Blutdurst derer stillt, die den nackten Leib beäugen.
Es zählt nur das eine: Lücke. Einsame Welt. Und Mündung.
Nein zum Morgengrauen. Märchen stillgelegt.
Nur das eine: Mündung.
O mein grauer Schwamm.
O mein frisch geköpfter Hals.
O mein großer Strom.
O meine Brise, mit den Grenzen, die nicht meine sind.
O Schneide meiner Liebe, messerscharfe Schneide.

New York, 27. Dezember 1929

Ciudad sin sueño

(Nocturno del Brooklyn Bridge)

No duerme nadie por el cielo. Nadie, nadie.
No duerme nadie.
Las criaturas de la luna huelen y rondan las cabañas.
Vendrán las iguanas vivas a morder a los hombres que no sueñan
y el que huye con el corazón roto encontrará por las esquinas
al increíble cocodrilo quieto bajo la tierna protesta de los astros.

No duerme nadie por el mundo. Nadie, nadie.
No duerme nadie.
Hay un muerto en el cementerio más lejano
que se queja tres años
porque tiene un paisaje seco en la rodilla;
y el niño que enterraron esta mañana lloraba tanto
que hubo necesidad de llamar a los perros para que callase.

No es sueño la vida. ¡Alerta! ¡Alerta! ¡Alerta!
Nos caemos por las escaleras para comer la tierra húmeda
o subimos al filo de la nieve con el coro de las dalias muertas.
Pero no hay olvido ni sueño:
carne viva. Los besos atan las bocas
en una maraña de venas recientes
y al que le duele su dolor le dolerá sin descanso
y el que teme la muerte la llevará sobre los hombros.

Un día
los caballos vivirán en las tabernas
y las hormigas furiosas
atacarán los cielos amarillos que se refugian en los ojos de las vacas.
Otro día
veremos la resurrección de las mariposas disecadas

Schlaflose Stadt

(Brooklyn-Bridge-Nocturne)

Niemand schläft im Himmel. Niemand, niemand.
Niemand schläft.
Die Mondgeschöpfe schnüffeln und schleichen um die Hütten.
Lebende Leguane werden kommen und die Menschen beißen, die nicht schlafen,
und wer auf der Flucht ist mit gebrochenem Herzen, wird finden an den
[Straßenecken
das unglaubliche Krokodil, still unter zartem Protest der Sterne.

Niemand schläft auf der Welt. Niemand, niemand.
Niemand schläft.
Auf dem fernsten Friedhof liegt ein Toter
der sich drei Jahre lang beklagt,
weil er im Knie eine trockene Landschaft hat;
und das Kind, das heut morgen begraben wurde, weinte so sehr –
man mußte die Hunde rufen, um es zum Schweigen zu bringen.

Das Leben ist kein Traum. Alarm! Alarm! Alarm!
Wir fallen die Treppen herunter und fressen feuchte Erde
oder wir steigen auf zur Schneide des Schnees mit dem toten Dahlienchor.
Doch es gibt weder Schlaf noch Vergessen:
Fleisch und Blut. Die Küsse verstricken die Münder
in ein Wirrwarr frischer Adern,
und wen sein Schmerz schmerzt, den wird er endlos schmerzen,
und wer Angst vor dem Tod hat, der wird ihn schultern müssen.

Eines Tags
werden Pferde in den Kneipen leben
und rasende Ameisen
werden die gelben Himmel angreifen, die in den Augen der Kühe Zuflucht suchen.
Andern Tags
werden wir die Auferstehung der sezierten Schmetterlinge sehen,

y aun andando por un paisaje de esponjas grises y barcos
[mudos
veremos brillar nuestro anillo y manar rosas de nuestra lengua.

¡Alerta! ¡Alerta! ¡Alerta!
A los que guardan todavía huellas de zarpa y aguacero,
a aquel muchacho que llora porque no sabe la invención del puente
o a aquel muerto que ya no tiene más que la cabeza y un zapato,
hay que llevarlos al muro donde iguanas y sierpes esperan,
donde espera la dentadura del oso,
donde espera la mano momificada del niño
y la piel del camello se eriza con un violento escalofrío azul.

No duerme nadie por el cielo. Nadie, nadie.
No duerme nadie.
Pero si alguien cierra los ojos,
¡azotadlo, hijos míos, azotadlo!
Haya un panorama de ojos abiertos
y amargas llagas encendidas.
No duerme nadie por el mundo. Nadie, nadie.
Ya lo he dicho.
No duerme nadie.
Pero si alguien tiene por la noche exceso de musgo en las sienes,
abrid los escotillones para que vea bajo la luna
las copas falsas, el veneno y la calavera de los teatros.

und selbst wenn wir durch eine Landschaft aus grauem Schwamm und
[stummen Schiffen wandern,
werden wir unseren Ring dort glitzern und auf unserer Zunge Rosen sprießen
[sehen.

Alarm! Alarm! Alarm!
Die, die noch immer gezeichnet sind von Pranke und Regenguß,
und den Jungen, der weint, weil er nicht weiß, daß die Brücke erfunden ist,
oder den Toten, der nichts mehr hat als den Kopf und einen Schuh,
man muß sie alle zur Mauer schaffen, wo Schlangen und Leguane warten,
wo das Gebiß des Bären wartet,
wo die Mumienhand des Kindes wartet
und das Kamelfell zu Berge steht, blau schaudernd und voller Gewalt.

Niemand schläft im Himmel. Niemand, niemand.
Niemand schläft.
Doch wenn jemand die Augen schließt,
dann peitscht ihn, meine Söhne, peitscht ihn!
Ich will ein Panorama offener Augen
und bitter entzündeter Wunden.
Niemand schläft auf der Welt. Niemand, niemand.
Ich sagte es schon.
Niemand schläft.
Doch wenn jemand nachts Moosüberschuß an den Schläfen hat,
klappt die Versenkungen auf, damit er im Mondlicht
die falschen Becher sieht und das Gift und den Totenschädel des Theaters.

Panorama ciego de Nueva York

Si no son los pájaros
cubiertos de ceniza,
si no son los gemidos que golpean las ventanas de la boda,
serán las delicadas criaturas del aire
que manan la sangre nueva por la oscuridad inextinguible.
Pero no, no son los pájaros.
Porque los pájaros están a punto de ser bueyes.
Pueden ser rocas blancas con la ayuda de la luna
y son siempre muchachos heridos
antes de que los jueces levanten la tela.

Todos comprenden el dolor que se relaciona con la muerte,
pero el verdadero dolor no está presente en el espíritu.
No está en el aire, ni en nuestra vida,
ni en estas terrazas llenas de humo.
El verdadero dolor que mantiene despiertas las cosas
es una pequeña quemadura infinita
en los ojos inocentes de los otros sistemas.

Un traje abandonado pesa tanto en los hombros
que muchas veces el cielo los agrupa en ásperas manadas;
y las que mueren de parto saben en la última hora
que todo rumor será piedra y toda huella latido.
Nosotros ignoramos que el pensamiento tiene arrabales
donde el filósofo es devorado por los chinos y las orugas
y algunos niños idiotas han encontrado por las cocinas
pequeñas golondrinas con muletas
que sabían pronunciar la palabra amor.

No, no son los pájaros.
No es un pájaro el que expresa la turbia fiebre de laguna,
ni el ansia de asesinato que nos oprime cada momento,
ni el metálico rumor de suicidio que nos anima cada madrugada.

Blindes Panorama von New York

Wenn es nicht die Vögel sind
mit Asche im Gefieder,
wenn es nicht die Klagen sind, die ans Hochzeitsfenster schlagen,
dann müssen es wohl die zarten Luftgeschöpfe sein,
deren neues Blut in der unstillbaren Dunkelheit verströmt.
Aber nein, es sind nicht die Vögel,
denn die Vögel sind drauf und dran, Rinder zu sein.
Sie können mit Hilfe des Mondes weiße Klippen sein
und immer sind sie verwundete Jungen,
bevor die Richter das Gewebe lüften.

Alle begreifen den Schmerz, der mit dem Tod zu tun hat,
doch der eigentliche Schmerz ist nicht im Geist enthalten.
Er liegt weder in der Luft noch in unserem Leben,
noch auf diesen rauchigen Terrassen.
Der eigentliche Schmerz, der all die Dinge wachhält,
ist ein kleines, unendliches Brandmal
in den schuldlosen Augen der andren Systeme.

Ein abgelegter Anzug lastet so schwer auf den Schultern,
daß der Himmel sie häufig zu grimmigen Rudeln versammelt;
und die im Kindbett sterben, wissen in letzter Stunde,
daß jedes Murmeln versteinern, jede Spur pulsieren wird.
Wir aber wissen nichts von den Elendsvierteln des Denkens,
wo der Philosoph verschlungen wird von Raupen und Chinesen
und wo ein paar schwachsinnige Kinder in den Küchen
kleine Schwalben auf Krücken gefunden haben,
die das Wort Liebe aussprechen konnten.

Nein, die Vögel sind es nicht.
Es ist ja kein Vogel, der das trübe Lagunenfieber zum Ausdruck bringt,
geschweige denn die Mordgier, die uns jederzeit bedrängt,
und das metallische Dröhnen des Selbstmords, das uns morgens munter macht:

Es una cápsula de aire donde nos duele todo el mundo,
es un pequeño espacio vivo al loco unisón de la luz,
es una escala indefinible donde las nubes y rosas olvidan
el griterío chino que bulle por el desembarcadero de la sangre.
Yo muchas veces me he perdido
para buscar la quemadura que mantiene despiertas las cosas
y sólo he encontrado marineros echados sobre las barandillas
y pequeñas criaturas del cielo enterradas bajo la nieve.
Pero el verdadero dolor estaba en otras plazas
donde los peces cristalizados agonizaban dentro de los troncos;
plazas del cielo extraño para las antiguas estatuas ilesas
y para la tierna intimidad de los volcanes.

No hay dolor en la voz. Sólo existen los dientes,
pero dientes que callarán aislados por el raso negro.
No hay dolor en la voz. Aquí sólo existe la Tierra.
La Tierra con sus puertas de siempre
que llevan al rubor de los frutos.

Eine Luftkapsel ist es, in der uns die ganze Welt weh tut,
ein kleiner lebendiger Raum im entfesselten Gleichklang des Lichts,
eine Leiter ins Unbestimmte, auf der die Wolken und Rosen
den chinesischen Wirrwarr vergessen, der im Hafen des Blutes brodelt.
Wie oft habe ich mich in die Irre begeben,
um das Brandmal zu finden, das all die Dinge wachhält,
und habe doch nur Matrosen gefunden, die über der Reling hingen,
und kleine Himmelsgeschöpfe, die im Schnee begraben lagen.
Doch der eigentliche Schmerz befand sich auf anderen Plätzen,
wo im Innern der Bäume die kristallisierten Fische im Sterben lagen;
auf Plätzen des Himmels, der für die glatten Statuen der Antike
so fremd ist wie für die zarte Innigkeit der Vulkane.

Es gibt keinen Schmerz in der Stimme. Da sind nur die Zähne,
aber Zähne, die in schwarzem Atlas isoliert verstummen werden.
Es gibt keinen Schmerz in der Stimme. Hier ist nur die Erde.
Die Erde mit den immergleichen Pforten,
die ins Erröten der Früchte führen.

Nacimiento de Cristo

Un pastor pide teta por la nieve que ondula
blancos perros tendidos entre linternas sordas.
El Cristito de barro se ha partido los dedos
en los filos eternos de la madera rota.

¡Ya vienen las hormigas y los pies ateridos!
Dos hilillos de sangre quiebran el cielo duro.
Los vientres del demonio resuenan por los valles
golpes y resonancias de carne de molusco.

Lobos y sapos cantan en las hogueras verdes
coronadas por vivos hormigueros del alba.
La mula tiene un sueño de grandes abanicos
y el toro sueña un toro de agujeros y de agua.

El niño llora y mira con un tres en la frente.
San José ve en el heno tres espinas de bronce.
Los pañales exhalan un rumor de desierto
con cítaras sin cuerdas y degolladas voces.

La nieve de Manhattan empuja los anuncios
y lleva gracia pura por las falsas ojivas.
Sacerdotes idiotas y querubes de pluma
van detrás de Lutero por las altas esquinas.

Christi Geburt

Ein Hirt schreit nach der Zitze, Schneegestöber wellt
das Fell von weißen Hunden im Kreis der Blendlaternen.
Der kleine Christus aus Ton hat sich die Finger zerrissen
am scharf gesplitterten Holz mit seinen ewigen Kanten.

Die Ameisen kommen – mitsamt den steifgefrorenen Füßen!
Zwei Blutrinnsale brechen die harte Himmelsfläche.
Die Innereien des Teufels dröhnen durch die Täler,
Molluskenfleisch entlädt sich donnernd und mit Echo.

Wolf und Kröte singen in grünen Feuerbränden,
die der Morgen mit glühenden Ameisenhaufen krönt.
Das Maultier sieht im Traum eine Welt aus großen Fächern,
der Stier träumt einen Stier aus Wasser und aus Löchern.

Der Kleine weint, auf seiner Stirne steht die Drei.
Sankt Josef sieht im Heu drei Bronzedornen liegen.
Und aus den Windeln strömt ein leises Wüstenrauschen
mit saitenlosen Zithern und abgewürgten Stimmen.

Der Schnee Manhattans drängt sich gegen die Plakate
und wirbelt reine Gnade durch die falsche Gotik.
Man sieht debile Priester mit Federcherubinen
auf Luthers Fersen um die Hochhausecken ziehen.

La aurora

La aurora de Nueva York tiene
cuatro columnas de cieno
y un huracán de negras palomas
que chapotean las aguas podridas.
La aurora de Nueva York gime
por las inmensas escaleras
buscando entre las aristas
nardos de angustia dibujada.
La aurora llega y nadie la recibe en su boca
porque allí no hay mañana ni esperanza posible;
a veces las monedas en enjambres furiosos
taladran y devoran abandonados niños.
Los primeros que salen comprenden con sus huesos
que no habrá paraíso ni amores deshojados;
saben que van al cieno de números y leyes,
a los juegos sin arte, a sudores sin fruto.
La luz es sepultada por cadenas y ruidos
en impúdico reto de ciencia sin raíces.
Por los barrios hay gentes que vacilan insomnes
como recién salidas de un naufragio de sangre.

Die Morgenröte

Die New Yorker Morgenröte
hat vier Säulen aus Morast
und Orkane schwarzer Tauben,
die in den Kloaken plätschern.
Die New Yorker Morgenröte
stöhnt auf endlos langen Treppen,
stöbert zwischen Häuserkanten
nach den Narden schemenhafter Angst.
Die Morgenröte kommt, doch kein Mund nimmt sie auf,
denn dort ist gar kein Morgen und keine Hoffnung möglich.
Die Münzen sammeln sich in räuberischen Schwärmen
und durchbohren gierig das Fleisch verlassener Kinder.
Die ersten, die hinausgehn, spüren in den Knochen:
kein Paradies wird kommen, kein Liebesblatt mehr fallen;
und sie erwartet ein Morast aus Zahlen, Normen,
fruchtloser Schweiß und Spiele ohne Kunst.
Schon ist das Licht begraben unter Lärm und Ketten,
schamlos bedroht von Wissen ohne Wurzeln.
Menschen wanken schlaflos durch die Straßen
wie eben erst entronnen aus blutig rotem Schiffbruch.

IV
Poemas del Lago Eden Mills

A Eduardo Ugarte

IV

Gedichte vom Lake Eden Mills

Für Eduardo Ugarte

Poema doble del Lago Eden

Nuestro ganado pace, el viento espira.
Garcilaso

Era mi voz antigua
ignorante de los densos jugos amargos,
la que vino lamiendo mis pies
bajo los frágiles helechos mojados.

¡Ay, voz antigua de mi amor!
Ay, voz de mi verdad.
Ay, voz de mi abierto costado,
cuando todas las rosas manaban de mi lengua
y el césped no conocía la impasible dentadura del caballo.

Estás aquí bebiendo mi sangre,
bebiendo mi humor de niño pasado,
mientras mis ojos se quiebran en el viento
con el aluminio y las voces de los borrachos.

Déjame pasar la puerta
donde Eva come hormigas
y Adán fecunda peces deslumbrados.
Déjame pasar, hombrecillo de los cuernos,
al bosque de los desperezos
y los alegrísimos saltos.

Yo sé el uso más secreto
que tiene un viejo alfiler oxidado
y sé del horror de unos ojos despiertos
sobre la superficie concreta del plato.

Pero no quiero mundo ni sueño, voz divina,
quiero mi libertad, mi amor humano
en el rincón más oscuro de la brisa que nadie quiera.
¡Mi amor humano!

Doppelgedicht vom Lake Eden

Unser Vieh weidet, der Wind bringt Kühlung.

Garcilaso

Es war meine alte Stimme,
sie ahnte nichts von den zähen, bitteren Säften,
als sie kam, mir die Füße zu lecken
unter den feuchten, empfindlichen Farnen.

Ach, alte Stimme meiner Liebe,
ach, Stimme meiner Wahrheit,
ach, Stimme meiner aufgerissenen Flanke,
als alle Rosen noch auf meiner Zunge blühten
und der Rasen den kalten Biß des Pferdes noch nicht kannte.

Da bist du, trinkst mein Blut,
trinkst meine Laune eines überreifen Kindes,
und meine Augen brechen unterm Druck des Windes,
der Aluminium bringt und Stimmen von Betrunkenen.

Laß mich durch die Pforte gehen,
wo Eva von Ameisen lebt
und Adam geblendete Fische besamt.
Laß mich durch, du krumm gehörntes Männchen,
ich will mich räkeln draußen
im Kapriolenwald.

Wozu man heimlich eine alte
rostige Nadel braucht, das weiß ich
und kenne auch den Schrecken zweier aufgewachter Augen
auf der erstarrten Fläche eines Tellers.

Doch ich will weder Welt noch Traum, himmlische Stimme,
ich will nur Freiheit. Meine Menschenliebe
im hintersten Winkel des Windes, den alle verschmähen.
Meine Menschenliebe!

Esos perros marinos se persiguen
y el viento acecha troncos descuidados.
¡Ay voz antigua, quema con tu lengua
esta voz de hojalata y de talco!

Quiero llorar porque me da la gana,
como lloran los niños del último banco,
porque yo no soy un hombre, ni un poeta, ni una hoja,
pero sí un pulso herido que ronda las cosas del otro lado.

Quiero llorar diciendo mi nombre,
rosa, niño y abeto a la orilla de este lago,
para decir mi verdad de hombre de sangre
matando en mí la burla y la sugestión del vocablo.

No, no. Yo no pregunto, yo deseo,
voz mía libertada que me lames las manos.
En el laberinto de biombos es mi desnudo el que recibe
la luna de castigo y el reloj encenizado.

Así hablaba yo.
Así hablaba yo cuando Saturno detuvo los trenes
y la bruma y el Sueño y la Muerte me estaban buscando.
Me estaban buscando
allí donde mugen las vacas que tienen patitas de paje
y allí donde flota mi cuerpo entre los equilibrios contrarios.

Hier gibt es Haie, die einander jagen,
und der Wind belauert ahnungslose Bäume.
Ach, alte Stimme, brenn mit Flammenzunge
mir diese Stimme weg aus Blech und Talk!

Ich möchte weinen, wenn ich Lust drauf habe,
so wie die Kinder aus der letzten Bank,
denn ich bin kein Mann, kein Dichter und kein Blatt,
ich bin ein wunder Puls nur, der die Dinge im Gegensinn umkreist.

Ich möchte weinend meinen Namen sagen,
Rose, Junge, Tanne, am Ufer dieses Sees,
als Mensch aus Fleisch und Blut die Wahrheit sprechen,
das falsche Flüstern der Vokabeln in mir töten.

Nein. Nein. Ich frage nicht mehr. Ich begehre,
befreite Stimme, die die Hand mir leckt.
Mein nackter Leib im Labyrinth der falschen Wände
erhält die Spiegelstrafe und die Uhr voll Asche.

So sprach ich.
So sprach ich, als Saturn die Eisenbahnen anhielt
und Nebelschwaden, Schlaf und Tod schon nach mir suchten,
schon nach mir suchten,
dort, wo die Kühe mit den Pagenfüßchen stöhnen
und mein Körper zwischen Gegensätzen schwebt, die sich die Waage halten.

Cielo vivo

Yo no podré quejarme
si no encontré lo que buscaba.
Cerca de las piedras sin jugo y los insectos vacíos
no veré el duelo del sol con las criaturas en carne viva.

Pero me iré al primer paisaje
de choques, líquidos y rumores
que trasmina a niño recién nacido
y donde toda superficie es evitada,
para entender que lo que busco tendrá su blanco de alegría
cuando yo vuele mezclado con el amor y las arenas.

Allí no llega la escarcha de los ojos apagados
ni el mugido del árbol asesinado por la oruga.
Allí todas las formas guardan entrelazadas
una sola expresión frenética de avance.

No puedes avanzar por los enjambres de corolas
porque el aire disuelve tus dientes de azúcar,
ni puedes acariciar la fugaz hoja del helecho
sin sentir el asombro definitivo del marfil.

Allí bajo las raíces y en la médula del aire,
se comprende la verdad de las cosas equivocadas.
El nadador de níquel que acecha la onda más fina
y el rebaño de vacas nocturnas con rojas patitas de mujer.

Yo no podré quejarme
si no encontré lo que buscaba,
pero me iré al primer paisaje de humedades y latidos
para entender que lo que busco tendrá su blanco de alegría
cuando yo vuele mezclado con el amor y las arenas.

Lebender Himmel

Ich werde nicht klagen können,
auch wenn ich nicht fand, was ich suchte.
Dicht bei den saftlosen Steinen und leeren Insekten
werde ich nie den Kampf der Sonne mit dem nackten Fleisch der Kreaturen [sehen.
Aber ich will gehn in jene erste Landschaft
aus Geräuschen, Stößen, Flüssigkeiten,
die das Neugeborene durchströmt
und in der es keine Oberflächen gibt,
um zu verstehen, daß meine Suche sich auf ein Ziel aus heller Freude richtet,
wenn ich erst fliege, vermischt mit Liebe und Sand.

Dorthin dringt weder der Reif der erloschenen Augen
noch das Gebrüll des Baums, den die Raupe umbringt.
Dort sind alle Formen verflochten und zeigen
alle den gleichen Ausdruck: ein reines, frenetisches Vorwärts.

Du kannst nicht durch die Blütenschwärme gehen,
weil die Luft sonst deine Zuckerzähne auflöst,
und du kannst kein vergängliches Farnblatt streicheln,
sonst spürst du das unwiderrufliche Staunen des Elfenbeins.

Dort, noch unter den Wurzeln und im Innersten der Luft,
begreift man die Wahrheit der fehlgegangenen Dinge,
den vernickelten Schwimmer, der auf die feinste Welle lauert,
und die Herde nächtlicher Kühe mit roten Frauenpfötchen.

Ich werde nicht klagen können,
auch wenn ich nicht fand, was ich suchte,
aber ich will gehn in jene erste Landschaft aus Feuchtigkeit und Herzschlag,
um zu verstehen, daß meine Suche sich auf ein Ziel aus heller Freude richtet,
wenn ich erst fliege, vermischt mit Liebe und Sand.

Vuelo fresco de siempre sobre lechos vacíos.
Sobre grupos de brisas y barcos encallados.
Tropiezo vacilante por la dura eternidad fija
y amor al fin sin alba. Amor. ¡Amor visible!

Eden Mills, Vermont, 24 de agosto de 1929

Kühler Flug, wie seit jeher, hoch über leere Betten,
über Scharen von Brisen und aufgelaufene Schiffe.
Strauchelnder Gang durch die fest erstarrte Ewigkeit
und Liebe, endlich ohne Erwachen. Liebe. Sichtbare Liebe!

Eden Mills, Vermont, 24. August 1929

V

En la cabaña del farmer

(Campo de Newburgh)

A Concha Méndez y Manuel Altolaguirre

V

In der Hütte des Farmers

(Landstrich nahe Newburgh)

Für Concha Méndez und Manuel Altolaguirre

El niño Stanton

– Do you like me?
– Yes, and you?
– Yes, yes.

Cuando me quedo solo
me quedan todavía tus diez años,
los tres caballos ciegos,
tus quince rostros con el rostro de la pedrada
y las fiebres pequeñas heladas sobre las hojas del maíz.
Stanton. Hijo mío. Stanton.
A las doce de la noche el cáncer salía por los pasillos
y hablaba con los caracoles vacíos de los documentos.
El vivísimo cáncer lleno de nubes y termómetros
con su casto afán de manzana para que lo piquen los ruiseñores.
En la casa donde hay un cáncer
se quiebran las blancas paredes en el delirio de la astronomía
y por los establos más pequeños y en las cruces de los bosques
brilla por muchos años el fulgor de la quemadura.
Mi dolor sangraba por las tardes
cuando tus ojos eran dos muros.
Cuando tus manos eran dos países
y mi cuerpo rumor de hierba.
Mi agonía buscaba su traje,
polvorienta, mordida por los perros,
y tú la acompañaste sin temblar
hasta la puerta del agua oscura.
¡Oh mi Stanton, idiota y bello entre los pequeños animalitos!
Con tu madre fracturada por los herreros de las aldeas,
con un hermano bajo los arcos,
otro comido por los hormigueros,
¡y el cáncer sin alambradas latiendo por las habitaciones!
Hay nodrizas que dan a los niños
ríos de musgo y amargura de pie
y algunas negras suben a los pisos para repartir filtro de rata.

Der kleine Stanton

– Do you like me?
– Yes, and you?
– Yes, yes.

Wenn ich allein bleibe,
bleiben mir immer noch deine zehn Jahre,
die drei blinden Pferde,
deine fünfzehn Gesichter samt dem Steinwurfgesicht
und die kleinen, vereisten Fieber auf den Maisblättern.
Stanton, mein Junge, Stanton.
Um Mitternacht streifte der Krebs durch die Korridore
und sprach mit den leeren Dokumentenschnecken,
der quicklebendige Krebs voller Wolken und Thermometer,
mit seinem keuschen Drang, Apfel zu sein und von Nachtigallen angepickt
[zu werden.
Wo ein Krebs im Haus ist,
bersten die weißen Wände im Wahnsinn der Astronomie,
und in den kleinsten Ställen und wo sich Waldwege kreuzen
schimmert noch jahrelang der Widerschein der Verbrennung.
Mein Kummer blutete an jenen Nachmittagen,
als deine Augen zwei Mauern waren,
als deine Hände zwei Länder waren
und mein Körper das Rauschen im Gras.
Meine Todesangst suchte ihr Kleid,
sie war staubig und zerbissen von den Hunden,
und du bliebst bei ihr, ohne Zittern,
bis an die Schwelle des dunklen Wassers.
Ach mein Stanton, schön in deinem Schwachsinn, im Kreis der kleinen Tiere,
deine Mutter zerschlagen von den Dorfschmieden,
dein einer Bruder unter den Bögen,
der andre verzehrt von den Ameisenhaufen,
und der Krebs pulst durch die Zimmer ohne Maschendraht!
Manche Ammen geben den Kindern
Ströme von Moos und den bitteren Geschmack der Füße,
und einige schwarze Frauen gehen nach oben und verteilen Rattenelixier.

Porque es verdad que la gente
quiere echar las palomas a las alcantarillas
y yo sé lo que esperan los que por la calle
nos oprimen de pronto las yemas de los dedos.

Tu ignorancia es un monte de leones, Stanton.
El día que el cáncer te dió una paliza
y te escupió en el dormitorio donde murieron los huéspedes en la epidemia
y abrió su quebrada rosa de vidrios secos y manos blandas
para salpicar de lodo las pupilas de los que navegan,
tú buscaste en la hierba mi agonía,
mi agonía con flores de terror,
mientras que el agrio cáncer mudo que quiere acostarse contigo
pulverizaba rojos paisajes por las sábanas de amargura
y ponía sobre los ataúdes
helados arbolitos de ácido bórico.
Stanton, vete al bosque con tus arpas judías,
vete para aprender celestiales palabras
que duermen en los troncos, en nubes, en tortugas,
en los perros dormidos, en el plomo, en el viento,
en lirios que no duermen, en aguas que no copian,
para que aprendas, hijo, lo que tu pueblo olvida.
Cuando empiece el tumulto de la guerra
dejaré un pedazo de queso para tu perro en la oficina.
Tus diez años serán las hojas
que vuelan en los trajes de los muertos,
diez rosas de azufre débil
en el hombro de mi madrugada.
Y yo, Stanton, yo solo, en olvido,
con tus caras marchitas sobre mi boca,
iré penetrando a voces las verdes estatuas de la Malaria.

Es ist nämlich wahr, die Menschen
wollen die Tauben ins Abwasser schütten,
und ich weiß, worauf die Leute warten,
die uns plötzlich auf der Straße die Fingerkuppen drücken.

Stanton, deine Einfalt ist ein Löwenberg.
Am selben Tag, als der Krebs dich verprügelte,
dich in den Schlafsaal spie, wo alle Gäste an der Seuche starben,
seine gebrochene Rose aus weichen Händen und trockenem Glas entfaltete
und die Pupillen der Seefahrer mit Schlamm bespritzte,
da suchtest du im Gras meine Todesangst,
meine Todesangst mit ihren Schreckensblüten,
während der saure, stumme Krebs, der mit dir schlafen will,
auf bitteren Laken rote Landschaften zu Staub zermalmte
und tiefgefrorene Borsäure-Bäumchen
auf die Särge pflanzte.
Nimm deine Maultrommeln, Stanton, geh in den Wald,
geh hin und lerne die himmlischen Wörter,
die in Baumstämmen, Wolken, Schildkröten schlafen,
in ruhenden Hunden, im Blei, im Wind,
in Lilien, die nicht schlafen, und Gewässern, die nicht spiegeln,
denn du sollst lernen, was dein Volk vergißt, mein Sohn.
Wenn der Krieg beginnt mit seinen Wirren,
lasse ich für deinen Hund ein Stückchen Käse im Büro.
Deine zehn Jahre werden die Blätter sein,
die der Wind auf die Kleider der Toten weht,
zehn schwache Schwefelrosen
auf der Schulter meiner Morgendämmerung.
Und ich, mein Stanton, der ich dann allein bin und vergessen
und auf dem Mund deine welken Gesichter trage,
werde mir mit lauten Schreien meinen Weg durch die grünen Statuen der
[Malaria bahnen.

Vaca

A Luis Lacasa

Se tendió la vaca herida.
Árboles y arroyos trepaban por sus cuernos.
Su hocico sangraba en el cielo.

Su hocico de abejas
bajo el bigote lento de la baba.
Un alarido blanco puso en pie la mañana.

Las vacas muertas y las vivas,
rubor de luz o miel de establo,
balaban con los ojos entornados.

Que se enteren las raíces
y aquel niño que afila su navaja
de que ya se pueden comer la vaca.

Arriba palidecen
luces y yugulares.
Cuatro pezuñas tiemblan en el aire.

Que se entere la luna
y esa noche de rocas amarillas
que ya se fue la vaca de ceniza.

Que ya se fue balando
por el derribo de los cielos yertos,
donde meriendan muerte los borrachos.

Kuh

Für Luis Lacasa

Die blutende Kuh ließ sich nieder.
Bäume und Bäche umrankten die Hörner.
Vom Maul lief Blut in den Himmel.

Von ihrem Bienenmaul
mit dem trägen Bart aus Geiferschaum.
Ein weißes Schreien scheuchte den Morgen auf.

Tote Kühe, lebendige Kühe,
errötendes Licht oder stallwarmer Honig,
blökten mit halbgeschlossenen Augen.

Die Wurzeln sollen es wissen,
und der Junge beim Messerwetzen:
jetzt ist es Zeit, die Kuh zu essen.

Oben erbleichen
Lichter und Halsschlagadern.
Vier Hufe zucken in der Luft.

Der Mond soll es wissen
und diese Nacht aus gelben Felsen:
die Aschekuh ist fort.

Sie ist gegangen, blökend,
durchs Trümmerfeld der starren Himmel,
wo die Trinker Verderben vespern.

Niña ahogada en el pozo

(Granada y Newburgh)

Las estatuas sufren con los ojos por la oscuridad de los ataúdes,
pero sufren mucho más por el agua que no desemboca,
. . . que no desemboca.

El pueblo corría por las almenas rompiendo las cañas de los pescadores.
¡Pronto! ¡Los bordes! ¡De prisa! Y croaban las estrellas tiernas.
. . . que no desemboca.

Tranquila en mi recuerdo, astro, círculo, meta,
lloras por las orillas de un ojo de caballo.
. . . que no desemboca.

Pero nadie en lo oscuro podrá darte distancias,
sino afilado límite: porvenir de diamante.
. . . que no desemboca.

Mientras la gente busca silencios de almohada,
tú lates para siempre definida en tu anillo.
. . . que no desemboca.

Eterna en los finales de unas ondas que aceptan
combate de raíces y soledad prevista.
. . . que no desemboca.

¡Ya vienen por las rampas! ¡Levántate del agua!
¡Cada punto de luz te dará una cadena!
. . . que no desemboca.

Pero el pozo te alarga manecitas de musgo,
insospechada ondina de su casta ignorancia.
. . . que no desemboca.

Die kleine Ertrunkene im Brunnen

(Granada und Newburgh)

Die Statuen leiden mit ihren Augen am Dunkel der Särge,
doch sie leiden noch mehr an dem Wasser, das niemals münden kann,
... das niemals münden kann.

Auf den Zinnen lief das Volk zusammen und knickte den Anglern die Ruten.
Rasch! An die Brüstungen! Schnell! Und die zarten Sterne quakten.
... das niemals münden kann.

Du ruhst in meinem Gedächtnis, ein Stern, ein Kreis, ein Ziel,
und liegst weinend an den Ufern eines Pferdeauges.
... das niemals münden kann.

Dort im Dunkeln wird dir niemand Raum und Ferne geben,
nur geschliffene Grenzen: du wirst Diamant sein.
... das niemals münden kann.

Und während die anderen das Schweigen der Kopfkissen suchen,
schwingst du in deinem Ring für immer festgeschrieben.
... das niemals münden kann.

Du bist verewigt, wo die Enden mancher Wellen
dem Kampf der Wurzeln und der Einsamkeit sich fügen.
... das niemals münden kann.

Da kommen sie über die Rampen! Steh auf, steig aus dem Wasser!
Jedes Licht wird eine Kette sein, die man dir reicht.
... das niemals münden kann.

Doch der Brunnen streckt kleine moosgrüne Hände aus
nach dir, du unverhoffte Nixe seiner reinen Einfalt.
... das niemals münden kann.

No, que no desemboca. Agua fija en un punto.
Respirando con todos sus violines sin cuerdas.
En la escala de las heridas y los edificios deshabitados.
¡Agua que no desemboca!

Nein, das niemals mündet. Unbewegt stehendes Wasser,
es atmet mit all seinen saitenlos gestimmten Geigen
auf der Tonleiter der Wunden und der unbewohnten Häuser.
Wasser, das niemals mündet!

VI

Introducción a la muerte

*(Poemas de la soledad
en Vermont)*

Para Rafael Sánchez Ventura

VI

Einführung in den Tod

(Gedichte aus der Einsamkeit von Vermont)

Für Rafael Sánchez Ventura

Muerte

A Isidoro de Blas

Qué esfuerzo,
qué esfuerzo del caballo
por ser perro,
qué esfuerzo del perro por ser golondrina,
qué esfuerzo de la golondrina por ser abeja,
qué esfuerzo de la abeja por ser caballo.
Y el caballo,
¡qué flecha aguda exprime de la rosa!,
¡qué rosa gris levanta de su belfo!
Y la rosa,
qué rebaño de luces y alaridos
ata en el vivo azúcar de su tronco;
y el azúcar,
¡qué puñalitos sueña en su vigilia!;
y los puñales diminutos,
¡qué luna sin establos, ¡qué desnudos!,
piel eterna y rubor, andan buscando.
Y yo, por los aleros,
qué serafín de llamas busco y soy.
Pero el arco de yeso,
¡qué grande, qué invisible, qué diminuto!,
sin esfuerzo.

Tod

Für Isidoro de Blas

Wie sie sich abmühen!
Wie das Pferd sich abmüht,
Hund zu sein!
Wie der Hund sich abmüht, Schwalbe zu sein!
Wie die Schwalbe sich abmüht, Biene zu sein!
Wie die Biene sich abmüht, Pferd zu sein!
Und das Pferd,
wie spitz der Pfeil ist, den es aus der Rose preßt,
wie grau die Rose, die von seiner Lippe aufsteigt!
Und die Rose,
was für ein Rudel Lichter und Schreie
ist im lebendigen Zucker ihres Stengels gebunden!
Und der Zucker,
was träumt er nicht für kleine Dolche, wenn er wach ist!
Und die winzigen Dolche,
Was für ein obdachloser Mond ist das, den sie da suchen,
und was für nackte Körper, errötende, unvergängliche Haut!
Und ich, an den Traufen der Dächer,
welchen flammenden Seraph such ich und bin es selbst!
Aber der Bogen aus Gips,
wie groß, wie unsichtbar, wie winzig,
mühelos!

Nocturno del hueco

I

Para ver que todo se ha ido,
para ver los huecos y los vestidos,
¡dame tu guante de luna,
tu otro guante de hierba,
amor mío!

Puede el aire arrancar los caracoles
muertos sobre el pulmón del elefante
y soplar los gusanos ateridos
de las yemas de luz o de las manzanas.

Los rostros bogan impasibles
bajo el diminuto griterío de las hierbas
y en el rincón está el pechito de la rana,
turbio de corazón y mandolina.

En la gran plaza desierta
mugía la bovina cabeza recién cortada
y eran duro cristal definitivo
las formas que buscaban el giro de la sierpe.

Para ver que todo se ha ido
dame tu mudo hueco, ¡amor mío!
Nostalgia de academia y cielo triste.
¡Para ver que todo se ha ido!

Dentro de ti, amor mío, por tu carne,
¡qué silencio de trenes boca arriba!
¡cuánto brazo de momia florecido!
¡qué cielo sin salida, amor, qué cielo!

Lücken-Nocturne

I

Damit du siehst, daß alles fort ist,
und die Lücken siehst und auch die Kleider,
gib mir deinen Mondhandschuh
und den andern, den aus Gras,
Geliebter!

Die Kraft des Windes reicht, um tote Schnecken
von Elefantenlungen loszureißen,
und Stein und Bein gefrorene Maden
von Äpfeln oder Lichtknospen zu blasen.

Die Gesichter segeln unbewegt dahin
unterm winzigen Geschrei des Grases,
und im Winkel zittert eine Froschbrust,
aufgewühlt von Herz und Mandoline.

Auf dem weiten, menschenleeren Schauplatz
muhte noch der eben abgehackte Rindskopf,
und zu hartem Glas geronnen
starrten Formen, die den Schwung der Schlange suchten.

Damit du siehst, daß alles fort ist,
gib mir deine stumme Lücke, mein Geliebter!
Trüber Himmel und Heimweh nach der Akademie.
Damit du siehst, daß alles fort ist!

In deinem Innern, Geliebter, in deinem Fleisch,
all das Schweigen umgeworfener Züge!
All die Mumienarme, voll erblüht!
Und der ausweglose Himmel, welch ein Himmel!

Es la piedra en el agua y es la voz en la brisa
bordes de amor que escapan de su tronco sangrante.
Basta tocar el pulso de nuestro amor presente
para que broten flores sobre los otros niños.

Para ver que todo se ha ido.
Para ver los huecos de nubes y ríos.
Dame tus ramos de laurel, amor.
¡Para ver que todo se ha ido!

Ruedan los huecos puros, por mí, por ti, en el alba
conservando las huellas de las ramas de sangre
y algún perfil de yeso tranquilo que dibuja
instantáneo dolor de luna apuntillada.

Mira formas concretas que buscan su vacío.
Perros equivocados y manzanas mordidas.
Mira el ansia, la angustia de un triste mundo fósil
que no encuentra el acento de su primer sollozo.

Cuando busco en la cama los rumores del hilo
has venido, amor mío, a cubrir mi tejado.
El hueco de una hormiga puede llenar el aire,
pero tu vas gimiendo sin norte por mis ojos.

No, por mis ojos no, que ahora me enseñas
cuatro ríos ceñidos en tu brazo.
En la dura barraca donde la luna prisionera
devora a un marinero delante de los niños.

Para ver que todo se ha ido,
¡amor inexpugnable, amor huido!
No, no me des tu hueco,
¡que ya va por el aire el mío!
¡Ay de ti, ay de mí, de la brisa!
Para ver que todo se ha ido.

Der Kieselstein im Wasser und der Ruf im Wind
säumen den blutigen Rumpf der Liebe, entwinden sich ihm.
Man muß nur den Pulsschlag unsrer Liebe fühlen,
dann stehen auch die andern Kinder bald in Blüte.

Damit du siehst, daß alles fort ist,
und die Lücken siehst der Wolken und der Flüsse.
Gib mir deine Lorbeerzweige, mein Geliebter.
Damit du siehst, daß alles fort ist!

Die reinen Lücken wirbeln, durch mich, durch dich, am Morgen,
sie zeigen noch die Spuren der Blutverästelungen
und manches stille Gipsprofil, gezeichnet
vom jähen Schmerz des Mondes, den der Fangstoß traf.

Schau, wie die festen Formen ihre Leere suchen.
Verirrte Hunde, angefressene Äpfel.
Schau auf die traurig fossile Welt, ihre Angst und Beklemmung,
weil sie den Ton ihres ersten Schluchzens nicht trifft.

Wenn ich im Bett auf das Murmeln des Fadens lausche,
bist du schon da, Geliebter, und breitest dich über mein Dach.
Eine einzige Ameisenlücke erfüllt die ganze Luft,
du aber treibst ohne Kompaß stöhnend durch meine Augen.

Durch meine Augen? Nein, denn eben zeigst du mir
vier um deinen Arm geschnürte Flüsse.
Dort in der kargen Baracke, wo der gefangene Mond
vor den Augen der Kinder einen Matrosen verschlingt.

Damit du siehst, daß alles fort ist,
meine uneinnehmbare, flüchtige Liebe!
Nein, deine Lücke will ich nicht,
denn meine eigne fliegt schon durch die Lüfte!
Du Armer, ich Armer, und ach, die arme Brise!
Damit du siehst, daß alles fort ist.

II

Yo.
Con el hueco blanquísimo de un caballo,
crines de ceniza. Plaza pura y doblada.

Yo.
Mi hueco traspasado con las axilas rotas.
Piel seca de uva neutra y amianto de madrugada.

Toda la luz del mundo cabe dentro de un ojo.
Canta el gallo y su canto dura más que sus alas.

Yo.
Con el hueco blanquísimo de un caballo.
Rodeado de espectadores que tienen hormigas en las palabras.

En el circo del frío sin perfil mutilado.
Por los capiteles rotos de las mejillas desangradas.

Yo.
Mi hueco sin ti, ciudad, sin tus muertos que comen.
Ecuestre por mi vida definitivamente anclada.

Yo.

No hay siglo nuevo ni luz reciente.
Sólo un caballo azul y una madrugada.

II

Ich.
Und die blendend weiße Lücke eines Pferdes
mit Aschemähne. Reiner, gefalteter Schauplatz.

Ich.
Meine Lücke durchbohrt, mit gebrochenen Achseln.
Trockene Haut geschlechtsloser Traube und morgengrauer Asbest.

Alles Licht der Welt paßt in ein Auge.
Es kräht der Hahn und sein Krähen überlebt seine Flügel.

Ich.
Und die blendend weiße Lücke eines Pferdes.
Umringt von Zuschauern mit ameisenverseuchten Worten.

In der Kältearena ohne versehrtes Profil.
Ringsum die rissigen Kapitelle der blutleeren Wangen.

Ich.
Meine Lücke ganz ohne dich, Stadt, und deine essenden Toten.
Rittlings auf meinem endgültig vor Anker gegangenen Leben.

Ich.

Es gibt keine neue Epoche, kein frisches Licht.
Nur ein blaues Pferd und ein Morgengrauen.

Paisaje con dos tumbas y un perro asirio

Amigo,
levántate para que oigas aullar
al perro asirio.
Las tres ninfas del cáncer han estado bailando,
hijo mío.
Trajeron unas montañas de lacre rojo
y unas sábanas duras donde estaba el cáncer dormido.
El caballo tenía un ojo en el cuello
y la luna estaba en un cielo tan frío
que tuvo que desgarrarse su monte de Venus
y ahogar en sangre y ceniza los cementerios antiguos.

Amigo,
despierta, que los montes todavía no respiran
y las hierbas de mi corazón están en otro sitio.
No importa que estés lleno de agua de mar.
Yo amé mucho tiempo a un niño
que tenía una plumilla en la lengua
y vivimos cien años dentro de un cuchillo.
Despierta. Calla. Escucha. Incorpórate un poco.
El aullido
es una larga lengua morada que deja
hormigas de espanto y licor de lirios.
Ya viene hacia la roca. ¡No alargues tus raíces!
Se acerca. Gime. No solloces en sueños, amigo.

¡Amigo!
Levántate para que oigas aullar
al perro asirio.

Landschaft mit zwei Gräbern und einem assyrischen Hund

Mein Freund,
steh auf, dann kannst du ihn jaulen hören,
den assyrischen Hund.
Die drei Krebsnymphen sind nur ein wenig tanzen gewesen,
mein Junge.
Sie brachten Berge aus rotem Siegellack
und harte Laken, auf denen lag schlafend der Krebs.
Das Pferd aber hatte ein Auge am Hals
und der Himmel, an dem Luna stand, war kalt,
so kalt, daß sie sich ihren Venusberg zerreißen
und die alten Friedhöfe in Asche und in Blut ertränken mußte.

Mein Freund,
wach auf, solang die Berge noch nicht atmen
und mein Herzgras noch in anderen Zonen wächst.
Es macht nichts, daß du voll Meerwasser bist.
Ich liebte viele Jahre einen Jungen,
der hatte eine Tintenfeder auf der Zunge,
wir wohnten hundert Jahre lang in einer Messerklinge.
Wach auf. Sei still jetzt. Horch. Setz dich ein wenig auf.
Das Jaulen
ist eine lange blaurote Zunge, die zieht ihre Spur:
eine Ameisenstraße des Schreckens, ein Faden Lilienlikör.
Schon leckt sie auf den Fels zu. Halt deine Wurzeln kurz!
Sie kommt. Sie stöhnt. Mein Freund, hör auf, im Traum zu schluchzen.

Mein Freund!
Steh auf, dann kannst du ihn jaulen hören,
den assyrischen Hund.

Ruina

A Regino Sáinz de la Maza

Sin encontrarse.
Viajero por su propio torso blanco.
¡Así iba el aire!

Pronto se vió que la luna
era una calavera de caballo
y el aire una manzana oscura.

Detrás de la ventana,
con látigos y luces, se sentía
la lucha de la arena con el agua.

Yo ví llegar las hierbas
y les eché un cordero que balaba
bajo sus dientecillos y lancetas.

Volaba dentro de una gota
la cáscara de pluma y celuloide
de la primer paloma.

Las nubes, en manada,
se quedaron dormidas contemplando
el duelo de las rocas con el alba.

Vienen las hierbas, hijo.
Ya suenan sus espadas de saliva
por el cielo vacío.

Mi mano, amor. ¡Las hierbas!
Por los cristales rotos de la casa
la sangre desató sus cabelleras.

Ruine

Für Regino Sáinz de la Maza

Ohne sich zu finden.
Auf der Reise durch den eignen weißen Torso.
Das war der Weg des Windes!

Der Mond entpuppte sich bald
als nackter Pferdeschädel
und der Wind als ein Apfel in Schwarz.

Durchs Fenster hörte man
mit Peitschenschlägen und Lichtern
den Kampf zwischen Wasser und Sand.

Ich sah den Ansturm des Grases
und warf ihm ein Lamm vor, das blökte,
als die Lanzetten und Zähnchen es fraßen.

In einem Tropfen schwebte
die Hülse der ersten Taube,
aus Zelluloid und Federn.

Die großen Wolkenherden,
die schliefen ein beim Anblick
des Zweikampfs zwischen Dämmerung und Felsen.

Jetzt kommt das Gras, mein Söhnchen,
ich höre seine Speichelklingen
durch den leeren Himmel tönen.

Meine Hand, Geliebter. Das Gras!
Durch die geborstenen Scheiben des Hauses
löste das Blut sein Haar.

Tú sólo y yo quedamos.
Prepara tu esqueleto para el aire.
Yo sólo y tú quedamos.

Prepara tu esqueleto.
Hay que buscar de prisa, amor, de prisa,
nuestro perfil sin sueño.

Geblieben sind nur du und ich.
Mach dein Skelett bereit für Wind.
Geblieben sind nur du und ich.

Mach dein Skelett bereit.
Wir müssen auf die Suche gehn, Geliebter, schnell,
nach unserm schlaflosen Profil.

Amantes asesinados por una perdiz

– Los dos lo han querido – me dijo su madre –. Los dos . . .

– No es posible, señora – dije yo –. Usted tiene demasiado temperamento y a su edad ya se sabe por qué caen los alfileres del rocío.

– Calle usted, Luciano, calle usted . . . No, no, Luciano, no.

– Para resistir este nombre necesito contener el dolor de mis recuerdos. ¿Y usted cree que aquella pequeña dentadura y esa mano de niño que se han dejado olvidadas dentro de la ola me pueden consolar de esta tristeza?

– Los dos lo han querido – me dijo su prima –. Los dos.

Me puse a mirar el mar y lo comprendí todo.

¿Será posible que del pico de esa paloma cruelísima que tiene corazón de elefante salga la palidez lunar de aquel transatlántico que se aleja?

– Recuerdo que tuve que hacer varias veces uso de mi cuchara para defenderme de los lobos. Yo no tenía culpa ninguna, usted lo sabe. ¡Dios mío! Estoy llorando.

– Los dos lo han querido – dije yo –. Los dos. Una manzana será siempre un amante, pero un amante no podrá ser jamás una manzana.

Por eso se han muerto, por eso. Con veinte ríos y un solo invierno desgarrado.

– Fue muy sencillo. Se amaban por encima de todos los museos.

Mano derecha,
con mano izquierda.

Mano izquierda,
con mano derecha.

Pie derecho,
con pie derecho.

Pie izquierdo,
con nube.

Cabello,
con planta de pie.

Planta de pie,
con mejilla izquierda.

¡Oh mejilla izquierda! ¡Oh noroeste de barquitos y hormigas de mercurio . . .! Dame el pañuelo, Genoveva; voy a llorar . . . Voy a llorar hasta que de mis ojos salga una muchedumbre de siemprevivas . . . Se acostaban.

Liebespaar von Rebhuhn ermordet

»Sie haben es beide so gewollt«, sagte mir ihre Mutter. »Beide . . .«

»Das kann nicht sein, meine Dame«, sagte ich. »Sie haben zu viel Temperament, und in Ihrem Alter weiß man nur zu gut, warum der Tau seine Nadeln fallen läßt.«

»Seien Sie still, Luciano, seien Sie still . . . Nein, nein, Luciano, nein.«

»Um diesem Namen widerstehen zu können, muß ich den Schmerz meiner Erinnerungen bändigen. Und Sie glauben wirklich, jenes kleine Gebiß und die Kinderhand, die man im Inneren der Welle vergessen hat, könnten mich in meiner Trauer trösten?«

»Sie haben es beide so gewollt«, sagte mir ihre Kusine. »Beide.«

Da schaute ich aufs Meer hinaus, und auf einmal begriff ich alles.

Kann es wahr sein, daß der Schnabel dieser überaus grausamen Taube mit ihrem Elefantenherzen die mondgleiche Blässe jenes Überseedampfers hervorbringt, der sich langsam entfernt?

»Ich erinnere mich, daß ich mehrfach von meinem Löffel Gebrauch machen mußte, um mir die Wölfe vom Leib zu halten. Mich traf keine Schuld, das wissen Sie genau. Mein Gott! Ich weine ja.«

»Sie haben es beide so gewollt«, sagte ich. »Beide. Ein Apfel wird immer ein Liebender sein, aber ein Liebender wird nie ein Apfel sein können.«

»Deshalb sind sie gestorben, nur deshalb. Mit zwanzig Flüssen und einem einzigen schamlosen Winter.«

»Es war ganz einfach. Sie liebten sich über allen Museen.«

Rechte Hand
an linker Hand.
Linke Hand
an rechter Hand.
Rechter Fuß
an rechtem Fuß.
Linker Fuß
an Wolke.
Haare
an Fußsohle.
Fußsohle
an linker Wange.

No había otro espectáculo más tierno.
¿Me ha oído usted?
¡Se acostaban!
Muslo izquierdo,
con antebrazo izquierdo.
Ojos cerrados,
con uñas abiertas.
Cintura, con nuca
y con playa.

Y las cuatro orejitas eran cuatro ángeles en la choza de la nieve. Se querían. Se amaban. A pesar de la Ley de la gravedad.

La diferencia que existe entre una espina de rosa y una Star es sencillísima.

Cuando descubrieron esto, se fueron al campo.
Se amaban.
¡Dios mío! Se amaban ante los ojos de los químicos.
Espalda, con tierra,
tierra, con anís.
Luna, con hombro dormido.
Y las cinturas se entrecruzaban con un rumor de vidrios.

Yo vi temblar sus mejillas cuando los profesores de la Universidad les traían hiel y vinagre en una esponja diminuta. Muchas veces tenían que espantar a los perros que gemían por las yedras blanquísimas del lecho. Pero ellos se amaban.

Eran un hombre y una mujer,
o sea,
un hombre
y un pedacito de tierra,
un elefante
y un niño,
un niño y un junco.
Eran dos mancebos desmayados
y una pierna de níquel.
¡Eran los barqueros!
Sí.

Eran los terribles barqueros del Guadiana que machacan con sus remos todas las rosas del mundo.

O linke Wange! O Nordwest der Schiffchen, o Quecksilberameisen . . .! Reich mir das Taschentuch, Genoveva; ich muß weinen . . . Ich werde weinen, bis eine Masse Immortellen aus meinen Augen quillt . . . Sie gingen ins Bett.

Es gab kein zarteres Schauspiel.

Haben Sie gehört?

Sie gingen ins Bett!

Linker Schenkel
an linkem Unterarm.

Geschlossene Augen
an offenen Fingernägeln.

Lenden an Nacken
und Strand.

Und die vier kleinen Ohren waren vier Engel in der Hütte des Schnees. Sie begehrten sich. Sie liebten sich. Gegen das Gesetz der Schwerkraft. Der Unterschied zwischen einem Rosendorn und einem Filmstar ist ja kinderleicht.

Als sie das herausfanden, fuhren sie aufs Land hinaus.

Sie liebten sich.

Mein Gott! Sie liebten sich unter den Augen der Chemiker.

Schulter an Erde,
Erde an Anis.

Mond an eingeschlafener Schulter.

Und die Lenden überkreuzten sich klirrend wie Gläser.

Ich sah ihre Wangen zittern, als die Universitätsprofessoren ihnen einen winzigen Schwamm mit Galle und Essig brachten. Immer wieder mußten sie die Hunde verscheuchen, die winselnd den schneeweißen Efeu des Bettes umschlichen. Sie aber liebten sich.

Sie waren ein Mann und eine Frau
beziehungsweise
ein Mann
und ein Klümpchen Erde,
ein Elefant
und ein Kind,
ein Kind und eine Binse.

Es waren zwei ohnmächtige Jünglinge
und ein Bein aus Nickel.

El viejo marinero escupió el tabaco de su boca y dio grandes voces para espantar a las gaviotas. Pero ya era demasiado tarde.

Cuando las mujeres enlutadas llegaron a casa del Gobernador, éste comía tranquilamente almendras verdes y pescados fríos en un exquisito plato de oro. Era preferible no haber hablado con él.

En las islas Azores.

Casi no puedo llorar.

Yo puse dos telegramas, pero desgraciadamente ya era tarde.

Muy tarde.

Sólo sé deciros que dos niños que pasaban por la orilla del bosque vieron una perdiz que echaba un hilito de sangre por el pico.

Esta es la causa, querido capitán, de mi extraña melancolía.

Es waren die Fährmänner!

Ja.

Es waren die schrecklichen Fährmänner vom Guadiana, die mit ihren Rudern alle Rosen der Welt zerstampfen.

Der alte Matrose spuckte seinen Priem aus und brüllte laut, um die Möwen zu verscheuchen. Doch es war zu spät.

Als die Frauen in Trauer zum Haus des Gouverneurs kamen, aß dieser gerade seelenruhig seine grünen Mandeln und kalten Fische von einem exquisiten Goldteller. Es war besser, nicht mit ihm gesprochen zu haben.

Auf den Azoren.

Ich kann kaum weinen.

Ich gab zwei Telegramme auf, aber leider war es zu spät.

Viel zu spät.

Ich kann euch nur sagen, daß zwei Kinder, die am Saum des Waldes entlanggingen, ein Rebhuhn gesehen haben, dem ein Rinnsal Blut aus dem Schnabel lief.

Dies, lieber Kapitän, ist der Grund meiner seltsamen Melancholie.

Luna y panorama de los insectos

(Poema de amor)

> *La luna en el mar riela,*
> *en la lona gime el viento*
> *y alza en blando movimiento*
> *olas de plata y azul.*
>
> Espronceda

Mi corazón tendría la forma de un zapato
si cada aldea tuviera una sirena.
Pero la noche es interminable cuando se apoya en los enfermos
y hay barcos que buscan ser mirados para poder hundirse tranquilos.

Si el aire sopla blandamente
mi corazón tiene la forma de una niña.
Si el aire se niega a salir de los cañaverales
mi corazón tiene la forma de una milenaria boñiga de toro.

Bogar, bogar, bogar, bogar,
hacia el batallón de puntas desiguales,
hacia un paisaje de acechos pulverizados.
Noche igual de la nieve, de los sistemas suspendidos.
Y la luna.
¡La luna!
Pero no la luna.
La raposa de las tabernas.
El gallo japonés que se comió los ojos.
Las hierbas masticadas.

No nos salvan las solitarias en los vidrios,
ni los herbolarios donde el metafísico
encuentra las otras vertientes del cielo.
Son mentira las formas. Sólo existe
el círculo de bocas del oxígeno.
Y la luna.
Pero no la luna.

Mond und Panorama der Insekten

(Liebesgedicht)

Der Mond glänzt auf dem Meer,
der Wind seufzt in den Segeln
und hebt in sanfter Bewegung
blaue und silberne Wogen.

Espronceda

Mein Herz, es wäre geformt wie ein Schuh,
wenn jedes Dorf eine Sirene hätte.
Doch die Nacht nimmt kein Ende, wenn ihre Last auf den Kranken ruht,
und es gibt Schiffe, die Zuschauer brauchen, um friedlich unterzugehn.

Wenn der Wind nur sanft weht,
ist mein Herz geformt wie ein Mädchen.
Wenn der Wind sich weigert, die Zuckerplantagen zu räumen,
dann ist mein Herz geformt wie der tausendjährige Mist eines Stiers.

Segeln, segeln, segeln, segeln,
dem Bataillon mit den unregelmäßigen Spitzen entgegen,
einer Landschaft aus pulverisierten Hinterhalten entgegen,
regelmäßige Schneenacht, Nacht der schwebenden Systeme.
Und der Mond.
Der Mond!
Aber nicht der Mond.
Die Kneipenfüchsin.
Der japanische Hahn, der seine eigenen Augen fraß.
Das wiedergekäute Gras.

Es rettet uns kein Bandwurm hinter Glas,
kein Kräuterladen, mag auch der Metaphysiker
dort die anderen Hänge des Himmels entdecken.
Formen sind Lüge. Es gibt nur
den Ring aus Mündern: Sauerstoff.
Und den Mond.
Aber nicht den Mond.

Los insectos.
Los muertos diminutos por las riberas.
Dolor en longitud.
Yodo en un punto.
Las muchedumbres en el alfiler.
El desnudo que amasa la sangre de todos,
y mi amor que no es un caballo ni una quemadura.
Criatura de pecho devorado.
¡Mi amor!

Ya cantan, gritan, gimen: *Rostro. ¡Tu rostro! Rostro.*
Las manzanas son unas.
Las dalias son idénticas.
La luz tiene un sabor de metal acabado
y el campo de todo un lustro cabrá en la mejilla de la moneda.
Pero tu rostro cubre los cielos del banquete.
¡Ya cantan!, ¡gritan!, ¡gimen!,
¡cubren!, ¡trepan!, ¡espantan!

Es necesario caminar, ¡de prisa!, por las ondas, por las ramas,
por las calles deshabitadas de la Edad Media que bajan al río,
por las tiendas de las pieles donde suena un cuerno de vaca herida,
por las escalas, ¡sin miedo!, por las escalas.
Hay un hombre descolorido que se está bañando en el mar;
es tan tierno que los reflectores le comieron jugando el corazón,
y en el Perú viven mil mujeres; ¡oh insectos!, que noche y día
hacen nocturnos desfiles entrecruzando sus propias venas.

Un diminuto guante corrosivo me detiene. ¡Basta!
En mi pañuelo he sentido el tris
de la primera vena que se rompe.
Cuida tus pies, ¡amor mío!, ¡tus manos!,
ya que yo tengo que entregar mi rostro.
¡Mi rostro, mi rostro, ¡ay, mi comido rostro!

Die Insekten.
Die winzigen Toten an den Ufern.
Schmerz der Länge nach.
Jod punktuell,
die Massenversammlungen auf der Nadelspitze.
Den nackten Leib, der das Blut aller anderen einrührt,
und meine Liebe, die kein Pferd ist und kein Brandmal,
nur ein Geschöpf mit ausgefressener Brust.
Meine Liebe!

Da, sie singen, schreien, stöhnen: *Gesicht. Dein Gesicht! Gesicht.*
Die Äpfel sind eins,
die Dahlien identisch,
das Licht schmeckt nach ermüdetem Metall,
und auf der Wange der Münze wird Platz sein für das Feld fünf langer Jahre.
Doch dein Gesicht bedeckt die Himmel des Banketts.
Da, sie singen! schreien! stöhnen!
bedecken alles! klettern! machen angst!

Wir müssen gehen, schnell!, über Wellen, über Zweige,
durch die verwaisten Straßen des Mittelalters hinunter zum Fluß,
durch die Läden mit den Fellen, wo das Horn der wunden Kuh tönt,
die Leitern hinauf, keine Angst!, die Leitern hinauf.
Es gibt einen Mann ohne Farbe, der badet im Meer;
zart wie er ist, vertilgten die Scheinwerfer spielend sein Herz.
Und in Peru, ihr Insekten!, da wohnen tausend Frauen, die Tag und Nacht
nächtliche Umzüge organisieren, indem sie die eigenen Adern verflechten.

Ein winziger, ätzender Handschuh hält mich fest. Genug!
In meinem Taschentuch hab ich das Knacken gespürt,
mit dem die erste Ader platzt.
Paß auf, deine Füße, Geliebter, paß auf, deine Hände!,
es reicht doch, daß ich mein Gesicht aushändigen muß,
mein Gesicht, mein Gesicht!, o weh, mein verzehrtes Gesicht!

Este fuego casto para mi deseo,
esta confusión por anhelo de equilibrio,
este inocente dolor de pólvora en mis ojos,
aliviará la angustia de otro corazón
devorado por las nebulosas.

No nos salva la gente de las zapaterías,
ni los paisajes que se hacen música al encontrar las llaves oxidadas.
Son mentira los aires. Sólo existe
una cunita en el desván
que recuerda todas las cosas.
Y la luna.
Pero no la luna.
Los insectos.
Los insectos solos,
crepitantes, mordientes, estremecidos, agrupados,
y la luna
con un guante de humo sentada en la puerta de sus derribos.
¡¡La luna!!

Nueva York, 4 de enero de 1930

Dies keusche Feuer, das mein Begehren leitet,
diese Verwirrung aus Sehnsucht nach Gleichgewicht,
dieser schuldlose Schießpulverschmerz in meinen Augen
wird die Angst eines anderen Herzens lindern,
das die astralen Nebel verschlungen haben.

Die Leute vom Schuster retten uns ebensowenig
wie jene Landschaften, die zu Musik werden, wenn man die rostigen Schlüssel [findet.
Winde sind Lüge. Es gibt nichts
als eine kleine Wiege auf dem Dachboden,
die sich an alles erinnern kann.
Und den Mond.
Aber nicht den Mond.
Die Insekten.
Nichts als die Insekten,
knisternd, beißend, bebend, zusammengeballt,
und den Mond –
mit einem Handschuh aus Rauch sitzt er auf der Schwelle seiner Trümmer.
Der Mond!

New York, 4. Januar 1930

VII

Vuelta a la ciudad

Para Antonio Hernández Soriano

VII

Rückkehr in die Stadt

Für Antonio Hernández Soriano

New York
(Oficina y denuncia)

A Fernando Vela

Debajo de las multiplicaciones
hay una gota de sangre de pato;
debajo de las divisiones
hay una gota de sangre de marinero;
debajo de las sumas, un río de sangre tierna.
Un río que viene cantando
por los dormitorios de los arrabales,
y es plata, cemento o brisa
en el alba mentida de New York.
Existen las montañas. Lo sé.
Y los anteojos para la sabiduría.
Lo sé. Pero yo no he venido a ver el cielo.
He venido para ver la turbia sangre,
la sangre que lleva las máquinas a las cataratas
y el espíritu a la lengua de la cobra.
Todos los días se matan en New York
cuatro millones de patos,
cinco millones de cerdos,
dos mil palomas para el gusto de los agonizantes,
un millón de vacas,
un millón de corderos
y dos millones de gallos,
que dejan los cielos hechos añicos.
Más vale sollozar afilando la navaja
o asesinar a los perros en las alucinantes cacerías,
que resistir en la madrugada
los interminables trenes de leche,
los interminables trenes de sangre
y los trenes de rosas maniatadas
por los comerciantes de perfumes.
Los patos y las palomas,
y los cerdos y los corderos

New York
(Büro und Anklage)

Für Fernando Vela

Unter den Multiplikationen
ein Tropfen Entenblut;
unter den Divisionen
ein Tropfen Matrosenblut;
unter den Additionen ein Strom von zartem Blut.
Ein Strom, der sich singend
durch Vorstadt-Schlafzimmer windet
und Geld, Zement oder frischer Wind sein kann
im heuchlerischen Morgenlicht New Yorks.
Es gibt Berge. Ich weiß.
Und Fernrohre für die Weisheit.
Ich weiß. Doch ich bin nicht hier, um den Himmel zu sehen.
Ich bin hier, um das aufgewühlte Blut zu sehen,
Blut, das die Maschinen in die Wasserfälle schwemmt
und den Geist auf die Zunge der Kobra spült.
In New York werden täglich geschlachtet:
vier Millionen Enten,
fünf Millionen Schweine,
zweitausend Tauben nur für den Gaumen der Todgeweihten,
eine Million Kühe,
eine Million Lämmer
und zwei Millionen Hähne,
die krähen die Himmel in Scherben.
Besser schluchzend das Messer wetzen
oder auf halluzinierten Jagdpartien Hunde morden,
als im Morgengrauen standzuhalten
den unendlichen Milchtransporten,
den unendlichen Bluttransporten
und den Transporten mit gefesselten Rosen,
die aufs Konto der Parfumgroßhändler gehn.
Die Enten und die Tauben,
die Schweine und die Lämmer

ponen sus gotas de sangre
debajo de las multiplicaciones,
y los terribles alaridos de las vacas estrujadas
llenan de dolor el valle
donde el Hudson se emborracha con aceite.
Yo denuncio a toda la gente
que ignora la otra mitad,
la mitad irredimible
que levanta sus montes de cemento
donde laten los corazones
de los animalitos que se olvidan
y donde caeremos todos
en la última fiesta de los taladros.
Os escupo en la cara.
La otra mitad me escucha
devorando, orinando, volando en su pureza,
como los niños de las porterías
que llevan frágiles palitos
a los huecos donde se oxidan
las antenas de los insectos.
No es el infierno, es la calle.
No es la muerte. Es la tienda de frutas.
Hay un mundo de ríos quebrados y distancias inasibles
en la patita de ese gato quebrada por el automóvil,
y yo oigo el canto de la lombriz
en el corazón de muchas niñas.
Óxido, fermento, tierra estremecida.
Tierra tú mismo que nadas por los números de la oficina.
¿Qué voy a hacer, ordenar los paisajes?
¿Ordenar los amores que luego son fotografías?
Que luego son pedazos de madera y bocanadas de sangre.
No, no; yo denuncio.
Yo denuncio la conjura
de estas desiertas oficinas
que no radian las agonías,
que borran los programas de la selva,

setzen Tropfen für Tropfen ihr Blut
unter die Multiplikationen,
und die entsetzlichen Schreie der zermalmten Kühe
erfüllen mit ihrem Schmerz das Tal,
wo der Hudson sich an Öl besäuft.
Ich klage alle an,
die die andere Hälfte nicht kennen,
die unerlösbare Hälfte,
die ihre Zementberge auftürmt,
dort, wo die Herzen der kleinen Tiere schlagen,
die immer vergessen werden,
dort, wohin wir alle fallen müssen
beim letzten Fest der Bohrmaschinen.
Euch spucke ich ins Gesicht.
Die andere Hälfte hört mir zu,
schlingend, Wasser lassend, fliegend in all ihrer Unschuld,
wie die Kinder aus den Pförtnerlogen
mit ihren zerbrechlichen Zweigen,
die sie in Hohlräume legen,
in denen Insektenantennen Rost ansetzen.
Es ist nicht die Hölle, sondern die Straße.
Es ist nicht der Tod, sondern nur der Obststand.
Eine Welt zerbrochener Flüsse und unfaßbarer Entfernung
liegt im Brei dieser Katzenpfote, die unter das Auto geriet,
und ich höre das Lied des Wurms
in den Herzen vieler Mädchen.
Rost, Gärstoff, bebende Erde.
Erde auch du, im Büro, der du in Zahlen schwimmst.
Was soll ich jetzt tun, die Landschaften ordnen?
Die Liebesgeschichten ordnen, die bald nur noch Photos sind?
Die bald nur noch Holzsplitter sind und ein paar Mundvoll Blut.
Nein, nein; ich klage an.
Ich klage die Verschwörung
dieser verwaisten Büros an,
die die Todeskämpfe nicht senden
und die Programme des Waldes aus dem Äther löschen,

y me ofrezco a ser comido por las vacas estrujadas
cuando sus gritos llenan el valle
donde el Hudson se emborracha con aceite.

und ich biete mich an als Futter für die zermalmten Kühe,
wenn ihre Schreie das Tal erfüllen,
wo der Hudson sich an Öl besäuft.

Cementerio judío

Las alegres fiebres huyeron a las maromas de los barcos
y el judío empujó la verja con el pudor helado del interior de la
[lechuga.

Los niños de Cristo dormían,
y el agua era una paloma,
y la madera era una garza,
y el plomo era un colibrí,
y aun las vivas prisiones de fuego
estaban consoladas por el salto de la langosta.

Los niños de Cristo bogaban y los judíos llenaban los muros
con un solo corazón de paloma
por el que todos querían escapar.
Las niñas de Cristo cantaban y las judías miraban la muerte
con un solo ojo de faisán,
vidriado por la angustia de un millón de paisajes.

Los médicos ponen en el níquel sus tijeras y guantes de goma
cuando los cadáveres sienten en los pies
la terrible claridad de otra luna enterrada.
Pequeños dolores ilesos se acercan a los hospitales
y los muertos se van quitando un traje de sangre cada día.

Las arquitecturas de escarcha,
las liras y gemidos que se escapan de las hojas diminutas
al otoño, mojando las últimas vertientes,
se apagaban en el negro de los sombreros de copa.

La hierba celeste y sola de la que huye con miedo el rocío
y las blancas entradas de mármol que conducen al aire duro
mostraban su silencio roto por las huellas dormidas de los zapatos.

Jüdischer Friedhof

Die fröhlichen Fieber flohen ins Tauwerk der Schiffe
und der Jude drückte das Gittertor auf, wie ein Salatherz verschlossen in
[eisiger Scham.

Die Kinder Christi schliefen,
und das Wasser war eine Taube,
und das Holz war ein Reiher,
und das Blei ein Kolibri,
und selbst die lebendigen Feuerkerker
waren getröstet durch den Heuschreckensprung.

Die Kinder Christi ruderten und die Juden füllten die Mauern
mit einem einzigen Taubenherz,
durch das sie alle entkommen wollten.
Die Töchter Christi sangen und die Jüdinnen sahen dem Tod ins Gesicht
mit einem einzigen Fasanenauge,
das war durch die Angst von Millionen Landschaften glasig geworden.

Eben erst legen die Ärzte Schere und Gummihandschuh ins Nickelgefäß,
da spüren die Leichen an ihren Füßen
den schrecklichen Schein eines anderen unterirdischen Mondes.
Kleine, unversehrte Schmerzen nähern sich den Krankenhäusern,
und die Toten lassen täglich eine blutige Hülle fallen.

Die Architekturen aus Reif,
die Strophen und Seufzer, die den winzigen Blättern entfahren
– im Herbst, wenn die letzten Hänge durchfeuchtet werden –,
sie gingen unter im Schwarz der Zylinderhüte.

Das himmlische, verlassene Gras, vor dem der Tau die Flucht ergreift,
und die weißen Marmorpforten, die hinausführen in die harte Luft,
zeigten die entschlafene Spur der Schuhe, unter der ihr Schweigen brach.

El judío empujó la verja;
pero el judío no era un puerto
y las barcas de nieve se agolparon
por las escalerillas de su corazón:
las barcas de nieve que acechan
un hombre de agua que las ahogue.
Las barcas de los cementerios
que a veces dejan ciegos a los visitantes.

Los niños de Cristo dormían
y el judío ocupó su litera.
Tres mil judíos lloraban en el espanto de las galerías
porque reunían entre todos con esfuerzo media paloma,
porque uno tenía la rueda de un reloj
y otro un botín con orugas parlantes
y otro una lluvia nocturna cargada de cadenas
y otro la uña de un ruiseñor que estaba vivo;
y porque la media paloma gemía
derramando una sangre que no era la suya.

Las alegres fiebres bailaban por las cúpulas humedecidas
y la luna copiaba en su mármol
nombres viejos y cintas ajadas.
Llegó la gente que come por detrás de las yertas columnas
y los asnos de blancos dientes
con los especialistas de las articulaciones.
Verdes girasoles temblaban
por los páramos del crepúsculo
y todo el cementerio era una queja
de bocas de cartón y trapo seco.
Ya los niños de Cristo se dormían
cuando el judío, apretando los ojos,
se cortó las manos en silencio
al escuchar los primeros gemidos.

Nueva York, 18 de enero de 1930

Der Jude drückte das Gittertor auf,
doch der Jude war kein Hafen,
und die Schneeboote stauten sich
am Laufsteg seines Herzens.
Die Schneeboote, sie halten Ausschau
nach dem Wassermann, der sie ertränkt,
die Friedhofsboote,
bei deren Anblick mancher Besucher erblindet.

Die Kinder Christi schliefen
und der Jude nahm seine Koje ein.
Dreitausend Juden weinten im Schrecken der Schiffsgalerien,
weil sie es alle zusammen mit Mühe auf eine halbe Taube brachten,
weil einer ein Uhrenrädchen hatte,
ein anderer eine Gamasche voll plappernder Raupen,
ein anderer einen nächtlichen Regen in klirrenden Ketten
und ein anderer die Kralle einer lebendigen Nachtigall;
und weil die halbe Taube wimmerte
und Blut vergoß, das nicht das ihre war.

Die fröhlichen Fieber tanzten über die feuchten Kuppeln,
der Mond aber malte auf seinem Marmor
alte Namen und zerknüllte Schleifen ab.
Da kamen die Leute, die hinter den starren Säulen essen,
die Esel mit weißen Zähnen
und die Gelenk-Spezialisten.
Grüne Sonnenblumen bebten
im öden Feld der Dämmerung
und der Friedhof war eine einzige Klage
von Mündern aus Pappe und trockenen Lumpen.
Schon schliefen die Kinder Christi ein,
da kniff der Jude die Augen zu
und schnitt sich schweigend die Hände ab,
als er das erste Wimmern vernahm.

New York, 18. Januar 1930

Crucifixión

La luna pudo detenerse al fin por la curva blanquísima de los caballos.
Un rayo de luz violenta que se escapaba de la herida
proyectó en el cielo el instante de la circuncisión de un niño muerto.

La sangre bajaba por el monte y los ángeles la buscaban,
pero los cálices eran de viento y al fin llenaba los zapatos.
Cojos perros fumaban sus pipas y un olor de cuero caliente
ponía grises los labios redondos de los que vomitaban en las esquinas.
Y llegaban largos alaridos por el Sur de la noche seca.
Era que la luna quemaba con sus bujías el falo de los caballos.
Un sastre especialista en púrpura
había encerrado a las tres santas mujeres
y les enseñaba una calavera por los vidrios de la ventana.
Los niños en el arrabal rodeaban a un camello blanco
que lloraba asustado porque al alba
tenía que pasar sin remedio por el ojo de una aguja.
¡Oh cruz! ¡Oh clavos! ¡Oh espina!
¡Oh espina clavada en el hueso hasta que se oxiden los planetas!
Como nadie volvía la cabeza, el cielo pudo desnudarse.
Entonces se oyó la gran voz y los fariseos dijeron:
»Esa maldita vaca tiene las tetas llenas de leche.«
La muchedumbre cerraba las puertas
y la lluvia bajaba por las calles decidida a mojar el corazón
mientras la tarde se puso turbia de latidos y leñadores
y la oscura ciudad agonizaba bajo el martillo de los carpinteros.
»Esa maldita vaca
tiene las tetas llenas de perdigones«,
dijeron los fariseos.
Pero la sangre mojó sus pies y los espíritus inmundos
estrellaban ampollas de laguna sobre las paredes del templo.
Se supo el momento preciso de la salvación de nuestra vida.
Porque la luna lavó con agua
las quemaduras de los caballos

Kreuzigung

Der Mond konnte endlich stillstehn auf der schneeweißen Kurve der Pferde.
Ein Strahl gewaltsamen Lichts brach aus der Wunde hervor
und warf den Moment der Beschneidung eines toten Kindes an den Himmel.

Das Blut floß den Berg hinab und die Engel gingen es suchen,
doch die Kelche bestanden aus Wind und es lief schließlich doch in die Schuhe.
Lahme Hunde rauchten Pfeife, und es roch so stark nach warmem Leder,
daß die Leute, die sich an den Ecken übergaben, davon graue Lippen kriegten.
Vom Südrand der trockenen Nacht schollen lange Schreie herüber.
Dort war der Mond am Werk, der mit seinen Kerzen den Pferden den Phallus [versengte.
Ein Schneider – er war auf Purpur spezialisiert –
hielt die drei heiligen Frauen unter Verschluß
und zeigte ihnen durch die Scheiben einen Totenkopf.
Die drei Jungen in der Vorstadt umringten ein weißes Kamel,
das in Tränen schwamm, weil ihm im Morgengrauen
kein anderer Weg mehr blieb als der durchs Nadelöhr.
O Kreuz! O Nägel! O Dorn!
O Dorn, der tief im Knochen steckt, bis die Planeten rosten!
Da niemand den Kopf wandte, konnte der Himmel sich ausziehen.
Und dann ertönte die mächtige Stimme. Da sprachen die Pharisäer:
»Diese verdammte Kuh hat die Zitzen voll Milch.«
Die Menschenmenge verrammelte die Türen,
und Regen floß durch die Straßen, entschlossen, das Herz zu durchweichen,
während der Abend sich trübte vor lauter Herzschlag und Holzfällerei
und die dunkle Stadt unterm Hammer der Schreiner im Sterben lag.
»Diese verdammte Kuh
hat die Zitzen voll Schrot«,
sprachen die Pharisäer.
Doch sie standen bereits im Blut, und die unreinen Geister
zerschlugen an der Tempelwand Ampullen voll Lagunenwasser.
Man erfuhr den genauen Termin der Erlösung unseres Lebens.
Denn der Mond wusch mit Wasser
den Pferden die Brandmale,

y no la primera vida que callaron en la arena.
Entonces salieron los fríos cantando sus canciones
y las ranas encendieron sus lumbres en la doble orilla del río.
»Esa maldita vaca, maldita, maldita, maldita,
no nos dejará dormir«, dijeron los fariseos,
y se alejaron a sus casas por el tumulto de la calle
dando empujones a los borrachos y escupiendo la sal de los sacrificios
mientras la sangre los seguía con un balido de cordero.

Fue entonces
y la tierra despertó arrojando temblorosos ríos de polilla.

Nueva York, 18 de octubre de 1929

doch nicht das erste Leben, das sie im Sand zum Schweigen brachten.
Da kamen die Kälteschauer heraus und sangen ihr Lied
und die Frösche am doppelten Flußufer steckten die Lichter an.
»Diese verdammte Kuh, verdammt, verdammt, verdammt,
sie wird uns den Schlaf versauen«, sprachen die Pharisäer
und machten sich auf den Heimweg quer durch den Aufruhr der Straße
und rempelten Betrunkene an und spuckten Opfersalz,
das Blut aber folgte ihnen blökend wie ein Lamm.

Es begab sich aber damals
und die Erde erwachte und schüttelte zitternde Mottenflüsse ab.

New York, 18. Oktober 1929

VIII

Dos odas

A mi editor, Armando Guibert

VIII

Zwei Oden

Meinem Verleger Armand Guibert

Grito hacia Roma

(Desde la torre del Chrysler Building)

Manzanas levemente heridas
por finos espadines de plata,
nubes rasgadas por una mano de coral
que lleva en el dorso una almendra de fuego,
peces de arsénico como tiburones,
tiburones como gotas de llanto para cegar una multitud,
rosas que hieren
y agujas instaladas en los caños de la sangre,
mundos enemigos y amores cubiertos de gusanos
caerán sobre ti. Caerán sobre la gran cúpula
que unta de aceite las lenguas militares,
donde un hombre se orina en una deslumbrante paloma
y escupe carbón machacado
rodeado de miles de campanillas.

Porque ya no hay quien reparta el pan y el vino,
ni quien cultive hierbas en la boca del muerto,
ni quien abra los linos del reposo,
ni quien llore por las heridas de los elefantes.
No hay más que un millón de herreros
forjando cadenas para los niños que han de venir.
No hay más que un millón de carpinteros
que hacen ataúdes sin cruz.
No hay más que un gentío de lamentos
que se abren las ropas en espera de la bala.
El hombre que desprecia la paloma debía hablar,
debía gritar desnudo entre las columnas
y ponerse una inyección para adquirir la lepra
y llorar un llanto tan terrible
que disolviera sus anillos y sus teléfonos de diamante.
Pero el hombre vestido de blanco
ignora el misterio de la espiga,

Schrei Richtung Rom
(Von der Spitze des Chrysler Building)

Äpfel mit leichten Wunden
von schmalen Silberklingen,
Wolken, zerfetzt von einer Korallenhand
mit einer Feuermandel auf dem Rücken,
Fische aus Arsen wie Haie,
Haie wie tropfende Tränen, die die Masse blenden,
verletzende Rosen,
in Blutgefäße eingesetzte Nadeln,
feindliche Welten und über und über madige Liebesaffären
werden über dich kommen. Werden über die große Kuppel kommen,
die militärische Zungen mit Meßöl schmiert,
dort, wo ein Mann eine strahlende Taube bepißt
und zerstampfte Kohle spuckt,
während rings um ihn zehntausend Glöckchen bimmeln.

Denn es ist niemand mehr da, der Brot und Wein verteilt,
der im Mund des Toten Gras wachsen läßt,
der die Laken der letzten Ruhe entfaltet,
der die Wunden der Elefanten beweint.
Nur eine Million Schmiede sind da
und schmieden Ketten für die ungeborenen Kinder.
Nur eine Million Schreiner sind da
und bauen Särge ohne Kreuz.
Nur ein Gedränge von Klagelauten,
die mit aufgerissener Kleidung die tödliche Kugel erwarten.
Der Mann, der die Taube verachtet, müßte reden,
er müßte nackt sein und schreien zwischen den Säulen,
müßte sich selbst die Lepra injizieren
und so furchtbare Tränen weinen,
daß all seine Ringe und Diamanttelephone darin zu Wasser würden.
Doch der Mann im weißen Gewand
weiß nichts vom Geheimnis der Ähre,

ignora el gemido de la parturienta,
ignora que Cristo puede dar agua todavía,
ignora que la moneda quema el beso de prodigio
y da la sangre del cordero al pico idiota del faisán.

Los maestros enseñan a los niños
una luz maravillosa que viene del monte;
pero lo que llega es una reunión de cloacas
donde gritan las oscuras ninfas del cólera.
Los maestros señalan con devoción las enormes cúpulas sahumadas;
pero debajo de las estatuas no hay amor,
no hay amor bajo los ojos de cristal definitivo.
El amor está en las carnes desgarradas por la sed,
en la choza diminuta que lucha con la inundación;
el amor está en los fosos donde luchan las sierpes del hambre,
en el triste mar que mece los cadáveres de las gaviotas
y en el oscurísimo beso punzante debajo de las almohadas.

Pero el viejo de las manos traslúcidas
dirá: amor, amor, amor,
aclamado por millones de moribundos;
dirá: amor, amor, amor,
entre el tisú estremecido de ternura;
dirá: paz, paz, paz,
entre el tirite de cuchillos y melones de dinamita;
dirá: amor, amor, amor,
hasta que se le pongan de plata los labios.

Mientras tanto, mientras tanto, ¡ay!, mientras tanto,
los negros que sacan las escupideras,
los muchachos que tiemblan bajo el terror pálido de los directores,
las mujeres ahogadas en aceites minerales,
la muchedumbre de martillo, de violín o de nube,
ha de gritar aunque le estrellen los sesos en el muro,
ha de gritar frente a las cúpulas,
ha de gritar loca de fuego,
ha de gritar loca de nieve,

weiß nichts vom Schrei der Gebärenden,
weiß nicht, daß Christus immer noch Wasser geben kann,
weiß nicht, daß Geld den heilenden Kuß versengt,
und tränkt mit dem Blut des Lammes den blöden Schnabel des Goldfasans.

Die Lehrer zeigen den Kindern
ein überirdisches Licht, das vom Berg her kommt;
doch in Wirklichkeit nähert sich nur ein Zusammenfluß von Kloaken,
in denen die Schreie der dunklen Choleranymphen hallen.
Andächtig deuten die Lehrer auf die riesigen, rauchgebeizten Kuppeln;
doch unter den Statuen ist keine Spur von Liebe,
keine Spur Liebe unter den Augen aus unwiderruflichem Glas.
Liebe ist da, wo das Fleisch vom Durst verzehrt wird,
wo die winzige Hütte gegen die Überschwemmung kämpft;
Liebe ist in den Gruben, wo die Hungerschlangen sich ineinander verbeißen,
in jenem traurigen Meer, wo Möwenleichen sich wiegen,
und in dem dunklen, stechenden Kuß, den man unter den Kissen tauscht.

Doch der Alte mit den durchscheinenden Händen
wird »Liebe, Liebe, Liebe« sagen,
und Millionen Todgeweihte werden jubeln;
wird »Liebe, Liebe, Liebe« sagen,
während sein Brokat in Innigkeit erbebt;
wird »Friede, Friede, Friede« sagen,
inmitten der fröstelnden Messer und Dynamitmelonen;
wird »Liebe, Liebe, Liebe« sagen,
bis ihm die Lippen zu Silber gerinnen.

Bis dahin aber, o ja! bis dahin,
sollen die schwarzen Spucknapf-Entleerer,
die Jungen, die der bleiche Direktorenschrecken heimsucht,
die Frauen, die ertrunken im Mineralöl treiben,
die ganze Masse im Zeichen des Hammers, der Geige, der Wolke,
sie alle sollen schreien, auch wenn man ihnen das Hirn an die Wand klatscht,
schreien vor den Kuppeln,
schreien, irr vor Feuer,
schreien, irr vor Schnee,

ha de gritar con la cabeza llena de excremento,
ha de gritar como todas las noches juntas,
ha de gritar con voz tan desgarrada
hasta que las ciudades tiemblen como niñas
y rompan las prisiones del aceite y la música.
Porque queremos el pan nuestro de cada día,
flor de aliso y perenne ternura desgranada,
porque queremos que se cumpla la voluntad de la Tierra
que da sus frutos para todos.

schreien mit dem Kopf voll Exkrementen,
schreien, wie alle Nächte gemeinsam schreien,
schreien mit so schriller Stimme,
bis die Städte wie kleine Mädchen zittern
und die Kerker des Öls und der Musik zerbrechen.
Denn wir wollen unser täglich Brot,
Erlenblüte und immerfort quellende Zärtlichkeit,
denn wir wollen, daß der Wille der Erde geschieht,
die Frucht für alle trägt.

Oda a Walt Whitman

Por el East River y el Bronx
los muchachos cantaban enseñando sus cinturas,
con la rueda, el aceite, el cuero y el martillo.
Noventa mil mineros sacaban la plata de las rocas
y los niños dibujaban escaleras y perspectivas.

Pero ninguno se dormía,
ninguno quería ser el río,
ninguno amaba las hojas grandes,
ninguno la lengua azul de la playa.

Por el East River y el Queensborough
los muchachos luchaban con la industria,
y los judíos vendían al fauno del río
la rosa de la circuncisión
y el cielo desembocaba por los puentes y los tejados
manadas de bisontes empujadas por el viento.

Pero ninguno se detenía,
ninguno quería ser nube,
ninguno buscaba los helechos
ni la rueda amarilla del tamboril.

Cuando la luna salga
las poleas rodarán para turbar al cielo;
un límite de agujas cercará la memoria
y los ataúdes se llevarán a los que no trabajan.

Nueva York de cieno,
Nueva York de alambres y de muerte.
¿Qué ángel llevas oculto en la mejilla?
¿Qué voz perfecta dirá las verdades del trigo?
¿Quién el sueño terrible de tus anémonas manchadas?

Ode an Walt Whitman

Am East River und in der Bronx
sangen die Jungen und zeigten ihre Lenden
zwischen Öl und Rad, zwischen Leder und Hammer.
Neunzigtausend Bergleute schlugen Silber aus dem Fels
und Kinder zeichneten Leitern und Perspektiven.

Doch keiner konnte schlafen,
keiner wollte der Fluß sein,
keiner liebte die großen Blätter
oder die blaue Zunge des Strandes.

Am East River und in Queensborough
lagen die Jungen im Kampf mit der Industrie,
und die Juden verkauften dem Faun vom Fluß
die Beschneidungsrose,
und Herden von Bisons, den Wind im Nacken,
strömten vom Himmel auf Brücken und Dächer herab.

Doch keiner hielt inne,
keiner wollte Wolke sein,
keiner suchte nach Farnen
oder nach dem gelben Rad des Tamburins.

Wenn der Mond aufgeht,
werden die Seilrollen rattern und den Himmel verstören,
ein Nadelkreis wird sich um das Gedächtnis schließen,
und die Särge entführen dann jeden, der ohne Arbeit ist.

New York, du Morast,
New York, gebaut aus Draht und Tod.
Was für ein Engel verbirgt sich in deiner Wange?
Welche Stimme wird makellos die Wahrheit des Weizens verkünden?
Wer den furchtbaren Traum deiner schmutzigen Anemonen?

Ni un solo momento, viejo hermoso Walt Whitman,
he dejado de ver tu barba llena de mariposas,
ni tus hombros de pana gastados por la luna,
ni tus muslos de Apolo virginal,
ni tu voz como una columna de ceniza;
anciano hermoso como la niebla,
que gemías igual que un pájaro
con el sexo atravesado por una aguja.
Enemigo del sátiro,
enemigo de la vid
y amante de los cuerpos bajo la burda tela.

Ni un solo momento, hermosura viril
que en montes de carbón, anuncios y ferrocarriles,
soñabas ser un río y dormir como un río
con aquel camarada que pondría en tu pecho
un pequeño dolor de ignorante leopardo.

Ni un solo momento, Adán de sangre, Macho,
hombre solo en el mar, viejo hermoso Walt Whitman,
porque por las azoteas,
agrupados en los bares,
saliendo en racimos de las alcantarillas,
temblando entre las piernas de los chauffeurs
o girando en las plataformas del ajenjo,
los maricas, Walt Whitman, te señalan.

¡También ése! ¡También! Y se despeñan
sobre tu barba luminosa y casta
rubios del norte, negros de la arena,
muchedumbre de gritos y ademanes
como los gatos y como las serpientes,
los maricas, Walt Whitman, los maricas,
turbios de lágrimas, carne para fusta,
bota o mordisco de los domadores.

Keine Sekunde, schöner alter Walt Whitman,
ließ ich deinen Bart voll Schmetterlingen aus den Augen,
oder deine Schultern aus mondverschlissenem Cord,
deine apollinisch reinen Schenkel,
deine Stimme, eine Aschesäule;
alter Mann, du bist schön wie der Nebel
und hast geklagt wie ein Vogel,
in dessen Geschlecht eine Nadel steckt.
Feind des Satyrn,
Feind der Rebe,
Freund der Körper unter grobem Tuch.

Keine Sekunde – du aber, männliche Schönheit,
träumtest zwischen Kohlebergen, Reklame und Eisenbahnen,
ein Fluß zu sein und wie ein Fluß zu schlafen
mit jenem Kameraden, der in deine Brust den kleinen Schmerz
des dummen Leoparden senken würde.

Keine Sekunde, du Bild eines Mannes, du Adam von Geblüt,
schöner alter Walt Whitman, allein auf dem Meer,
gerade weil auf den Dachterrassen,
tuschelnd in den Kneipen,
scharenweise aus der Gosse steigend,
zitternd auf den Schenkeln der Chauffeure
oder kreisend auf dem Wermutkarussell,
die Schwulen, Walt Whitman, auf dich zeigen.

Der auch! Der auch! Und dann stürzen sie sich
auf deinen keuschen, leuchtenden Bart,
Blonde aus nördlichen, Schwarze aus sandigen Zonen,
ein Mob aus Gebärden und Schreien,
wie die Katzen, wie die Schlangen,
die Schwulen, Walt Whitman, die Schwulen,
tränenblinde Prügelknaben für die Peitsche,
für die Stiefel und die Bisse der Dompteure.

¡También ése! ¡También! Dedos teñidos
apuntan a la orilla de tu sueño,
cuando el amigo come tu manzana
con un leve sabor de gasolina
y el sol canta por los ombligos
de los muchachos que juegan bajo los puentes.

Pero tú no buscabas los ojos arañados,
ni el pantano oscurísimo donde sumergen a los niños,
ni la saliva helada,
ni las curvas heridas como panza de sapo
que llevan los maricas en coches y en terrazas
mientras la luna los azota por las esquinas del terror.

Tú buscabas un desnudo que fuera como un río.
Toro y sueño que junte la rueda con el alga,
padre de tu agonía, camelia de tu muerte,
y gimiera en las llamas de tu ecuador oculto.

Porque es justo que el hombre no busque su deleite
en la selva de sangre de la mañana próxima.
El cielo tiene playas donde evitar la vida
y hay cuerpos que no deben repetirse en la aurora.

Agonía, agonía, sueño, fermento y sueño.
Este es el mundo, amigo, agonía, agonía.
Los muertos se descomponen bajo el reloj de las ciudades,
la guerra pasa llorando con un millón de ratas grises,
los ricos dan a sus queridas
pequeños moribundos iluminados,
y la vida no es noble, ni buena, ni sagrada.

Puede el hombre, si quiere, conducir su deseo
por vena de coral o celeste desnudo.
Mañana los amores serán rocas y el Tiempo
una brisa que viene dormida por las ramas.

Der auch! Der auch! Befleckte Finger
zielen auf die Küste deines Traumes,
wo dein Freund gerade deinen Apfel ißt,
der ein wenig nach Benzin schmeckt,
wo die Sonne im Nabel der Jungen singt,
die unter den Brücken spielen.

Doch du warst nicht auf der Suche nach ausgekratzten Augen,
nach dem düsteren Sumpf, in den man die Kinder wirft,
nach eisigem Speichel,
nach jenen Kurven, klaffend wie Krötenbäuche,
die die Schwulen im Auto und auf der Terrasse zu Markte tragen,
während der Mond sie durch die Gassen des Schreckens peitscht.

Du warst auf der Suche nach dem nackten Leib, der wie ein Fluß ist:
Stier und zugleich Traum, Versöhnung von Alge und Rad,
Vater deines Sterbens und Kamelie deines Todes,
stöhnend in den Flammen deines heimlichen Äquators.

Denn der Mensch tut gut daran, seine Lust
nicht im blutigen Dickicht des folgenden Morgens zu suchen.
Im Himmel gibt es Ufer, wo man das Leben vermeiden kann,
und manch ein Körper darf sich im Morgenrot nicht wiederholen.

Todesangst, Todesangst, Traum und Gärung und Traum,
so ist die Welt, mein Freund, Todesangst, Todesangst.
Unter dem Uhrwerk der Städte zerfallen die Toten,
der Krieg zieht weinend vorbei, gefolgt von Millionen Ratten,
die Reichen schenken ihren Liebsten
kleine Todgeweihte mit Beleuchtung,
und das Leben ist weder heilig noch edel, noch gut.

Der Mensch hat die Wahl, er kann sein Begehren leiten
durch die Korallenader oder die himmlische Körpergestalt.
Was Liebe war, ist morgen Fels, was Zeit war,
ist ein Wind, der schlafend durch die Zweige weht.

Por eso no levanto mi voz, viejo Walt Whitman,
contra el niño que escribe
nombre de niña en su almohada,
ni contra el muchacho que se viste de novia
en la oscuridad del ropero,
ni contra los solitarios de los casinos
que beben con asco el agua de la prostitución,
ni contra los hombres de mirada verde
que aman al hombre y queman sus labios en silencio.

Pero sí contra vosotros, maricas de las ciudades,
de carne tumefacta y pensamiento inmundo.
Madres de lodo. Arpías. Enemigos sin sueño
del Amor que reparte coronas de alegría.

Contra vosotros siempre, que dais a los muchachos
gotas de sucia muerte con amargo veneno.
Contra vosotros siempre,
Fairies de Norteamérica,
Pájaros de La Habana,
Jotos de Méjico,
Sarasas de Cádiz,
Apios de Sevilla,
Cancos de Madrid,
Floras de Alicante,
Adelaidas de Portugal.

¡Maricas de todo el mundo, asesinos de palomas!
Esclavos de la mujer. Perras de sus tocadores.
Abiertos en las plazas con fiebre de abanico
o emboscados en yertos paisajes de cicuta.

¡No haya cuartel! La muerte
mana de vuestros ojos
y agrupa flores grises en la orilla del cieno.
¡No haya cuartel! ¡Alerta!

Darum, alter Walt Whitman, erhebe ich die Stimme nicht
gegen den kleinen Jungen, der auf sein Kissen
einen Mädchennamen schreibt,
oder gegen den Knaben, der sich als Braut verkleidet
im Schutz des dunklen Kleiderschranks,
nicht gegen die Einsamen in den Kasinos,
die das Wasser der Prostitution voll Ekel trinken,
und auch nicht gegen die Männer mit dem begehrlichen Blick,
die Männer lieben und denen das Schweigen die Lippen versengt.

Wohl aber gegen euch, ihr Schwulen aus den Städten,
geschwollenes Fleisch und unreine Gedanken.
Pfuhlmütter. Harpyen. Schlaflose Feinde
der Liebe, die Freudenkränze verteilt.

Immer gegen euch, die ihr den Jungen tropfenweise
verschmutzten Tod und bitteres Gift einflößt.
Immer gegen euch,
Fairies in Nordamerika,
Pájaros in Havanna,
Jotos in Mexiko,
Sarasas in Cádiz,
Apios in Sevilla,
Cancos in Madrid,
Floras in Alicante,
Adelaidas in Portugal.

Schwule aller Länder, Taubenmörder!
Weibersklaven. Hündchen unterm Schminktisch.
Aufgeklappt wie fiebrige Fächer auf den Plätzen
oder in starrer Schierlingslandschaft verschanzt.

Keine Gnade! Der Tod
rinnt aus euren Augen
und sammelt graue Blumen am Ufer des Schlamms.
Keine Gnade! Alarm!

Que los confundidos, los puros,
los clásicos, los señalados, los suplicantes
os cierren las puertas de la bacanal.

Y tú, bello Walt Whitman, duerme a orillas del Hudson
con la barba hacia el polo y las manos abiertas.
Arcilla blanda o nieve, tu lengua está llamando
camaradas que velen tu gacela sin cuerpo.

Duerme: no queda nada.
Una danza de muros agita las praderas
y América se anega de máquinas y llanto.
Quiero que el aire fuerte de la noche más honda
quite flores y letras del arco donde duermes
y un niño negro anuncie a los blancos del oro
la llegada del reino de la espiga.

Die Beschämten, die Reinen,
die Klassischen, die Gezeichneten und die Flehenden müssen
die Türen ihres Bacchanals vor euch verschließen.

Du aber, schöner Walt Whitman, schlaf dort am Ufer des Hudson,
deine Hände sind offen, dein Bart wächst Richtung Pol.
Ob Schnee, ob weicher Ton, deine Stimme ruft auf,
über den Schlaf deiner körperlosen Gazelle zu wachen.

Schlaf ruhig: es ist nichts mehr übrig.
Ein Tanz von Mauern stört die Ruhe der Prärien,
Amerika ertrinkt in Tränen und Maschinen.
Ein starker Wind aus tiefster Nacht soll Schrift und Blumen
von dem Bogen reißen, unter dem du schläfst,
und den goldkranken Weißen soll ein schwarzes Kind verkünden:
Das Reich der Ähre ist da.

IX

Huida de Nueva York

(Dos valses
hacia la civilización)

IX

Flucht aus New York

(Zwei Walzer
in Richtung Zivilisation)

Pequeño vals vienés

En Viena hay diez muchachas,
un hombro donde solloza la muerte
y un bosque de palomas disecadas.
Hay un fragmento de la mañana
en el museo de la escarcha.
Hay un salón con mil ventanas.

¡Ay, ay, ay, ay!
Toma este vals con la boca cerrada.

Este vals, este vals, este vals,
de sí, de muerte y de coñac
que moja su cola en el mar.

Te quiero, te quiero, te quiero,
con la butaca y el libro muerto,
por el melancólico pasillo,
en el oscuro desván del lirio,
en nuestra cama de la luna
y en la danza que sueña la tortuga.

¡Ay, ay, ay, ay!
Toma este vals de quebrada cintura.

En Viena hay cuatro espejos
donde juegan tu boca y los ecos.
Hay una muerte para piano
que pinta de azul a los muchachos.
Hay mendigos por los tejados.
Hay frescas guirnaldas de llanto.

¡Ay, ay, ay, ay!
Toma este vals que se muere en mis brazos.

Kleiner Wiener Walzer

In Wien gibt es zehn kleine Mädchen,
eine Schulter für den schluchzenden Tod
und den Wald der sezierten Tauben.
Es gibt dort im Rauhreifmuseum
ein Bruchstück des Morgengrauens.
Und einen Ballsaal mit eintausend Fenstern.

Ay, ay, ay, ay!
Nimm diesen Walzer mit dem geschlossenen Mund.

Diesen Walzer, Walzer, Walzer,
voller Ja, voller Tod, voller Kognak,
der seine Schleppe durchs Meeerwasser schleift.

Ich liebe dich, liebe dich, liebe dich,
mit dem toten Buch und dem Sessel,
auf melancholischen Gängen,
in der Rumpelkammer der Lilie,
in dem Bett, das der Mond uns gemacht hat,
und im Tanz, den die Schildkröte träumt.

Ay, ay, ay, ay!
Nimm diesen Walzer, der sich rückwärts bäumt.

In Wien, da gibt es vier Spiegel,
darin spielt dein Mund mit den Echos.
Es gibt einen Tod für Piano,
der malt die Jungen blau an.
Es gibt auf den Dächern dort Bettler.
Dazu frische Tränengirlanden.

Ay, ay, ay, ay!
Nimm diesen Walzer, der in meinen Armen stirbt.

Porque te quiero, te quiero, amor mío,
en el desván donde juegan los niños,
soñando viejas luces de Hungría
por los rumores de la tarde tibia,
viendo ovejas y lirios de nieve
por el silencio oscuro de tu frente.

¡Ay, ay, ay, ay!
Toma este vals del »Te quiero siempre.«

En Viena bailaré contigo
con un disfraz que tenga
cabeza de río.
¡Mira qué orillas tengo de jacintos!
Dejaré mi boca entre tus piernas,
mi alma en fotografías y azucenas,
y en las ondas oscuras de tu andar
quiero, amor mío, amor mío, dejar,
violín y sepulcro, las cintas del vals.

Denn ich liebe dich, ich liebe dich, Geliebter,
in der Rumpelkammer, wo die Kinder spielen,
und träume von ungarischen Lichtern
im Gemurmel des lauen Nachmittags,
und im dunklen Schweigen deiner Stirne
seh ich Schafe und Lilien aus Schnee.

Ay, ay, ay, ay!
Nimm diesen Walzer, der sagt »Ich liebe dich ewig«.

In Wien werde ich mit dir tanzen,
mein Kostüm wird
einen Flußkopf haben.
Schau, meine Ufer aus Hyazinthenpflanzen!
Meinen Mund lasse ich zwischen deinen Beinen,
meine Seele auf Lilien und Photographien.
In den dunklen Wellen deines Ganges,
mein Geliebter, mein Geliebter, will ich lassen
die Bänder des Walzers, Geige und Grab.

Vals en las ramas

Cayó una hoja
y dos
y tres.
Por la luna nadaba un pez.
El agua duerme una hora
y el mar blanco duerme cien.
La dama
estaba muerta en la rama.
La monja
cantaba dentro de la toronja.
La niña
iba por el pino a la piña.
Y el pino
buscaba la plumilla del trino.
Pero el ruiseñor
lloraba sus heridas alrededor.
Y yo también
porque cayó una hoja
y dos
y tres.
Y una cabeza de cristal
y un violín de papel.
Y la nieve podría con el mundo
si la nieve durmiera un mes,
y las ramas luchaban con el mundo,
una a una,
dos a dos
y tres a tres.
¡Oh duro marfil de carnes invisibles!
¡Oh golfo sin hormigas del amanecer!
Con el muuu de las ramas,
con el ay de las damas,
con el croo de las ranas

Walzer in den Zweigen

Es fiel ein Blatt,
dann zwei,
dann drei.
Im Mond schwamm ein Fisch vorbei.
Das Wasser schläft eine Stunde
und das weiße Meer schläft hundert.
Die Dame war eigen,
hing tot in den Zweigen.
Die Matrone
sang in der Limone.
Die Göre
kam vom Zapfen auf die Föhre.
Und der Föhrenbaum
suchte zum Triller den Flaum.
Doch die Nachtigall
beweinte ihre Wunden überall.
Und so auch ich,
denn es fiel ein Blatt,
dann zwei,
dann drei.
Und ein Kopf aus Kristall
und eine Geige aus Papier.
Und der Schnee käm der Welt schon bei,
wenn der Schnee einen Monat lang schliefe.
Und die Zweige bekämpften die Welt,
je einer,
je zwei
und je drei.
O unsichtbares Fleisch, du hartes Elfenbein!
O tiefe Bucht des Morgens ohne Ameisenspur!
Mit dem Huuh in den Zweigen,
mit dem Ach im Damenreigen,
mit dem Quak der Frösche im Gras

y el gloo amarillo de la miel.
Llegará un torso de sombra
coronado de laurel.
Será el cielo para el viento
duro como una pared
y las ramas desgajadas
se irán bailando con él.
Una a una
alrededor de la luna,
dos a dos
alrededor del sol,
y tres a tres
para que los marfiles se duerman bien.

und dem gelben Gluck im Honigglas.
Bald kommt ein Schattentorso
mit einem Lorbeerkranz.
Der Himmel wird für den Wind
so hart sein wie eine Wand,
und die abgerissenen Zweige
gehen mit ihm zum Tanz.
Je einer allein
im Mondenschein,
je zwei
an der Sonne vorbei,
je drei sodann,
damit das Elfenbein schlafen kann.

X

El poeta llega a La Habana

A don Fernando Ortiz

X

Ankunft des Dichters in Havanna

Für Don Fernando Ortiz

Son de negros en Cuba

Cuando llegue la luna llena iré a Santiago de Cuba,
iré a Santiago
en un coche de agua negra.
Iré a Santiago.
Cantarán los techos de palmera.
Iré a Santiago.
Cuando la palma quiere ser cigüeña,
iré a Santiago.
Y cuando quiere ser medusa el plátano,
iré a Santiago.
Iré a Santiago
con la rubia cabeza de Fonseca.
Iré a Santiago.
Y con el rosa de Romeo y Julieta
iré a Santiago.
Mar de papel y plata de moneda.
Iré a Santiago.
¡Oh Cuba! ¡Oh ritmo de semillas secas!
Iré a Santiago.
¡Oh cintura caliente y gota de madera!
Iré a Santiago.
Arpa de troncos vivos. Caimán. Flor de tabaco.
Iré a Santiago.
Siempre he dicho que yo iría a Santiago
en un coche de agua negra.
Iré a Santiago.
Brisa y alcohol en las ruedas,
iré a Santiago.
Mi coral en la tiniebla,
iré a Santiago.
El mar ahogado en la arena,
iré a Santiago.

Son der schwarzen Kubaner

Ich geh nach Santiago de Cuba, sobald der Vollmond scheint,
ich geh nach Santiago
in einem Wagen mit schwarzem Wasser.
Ich geh nach Santiago.
Die Palmdächer werden singen.
Ich geh nach Santiago.
Wenn die Palme Storch sein will,
geh ich nach Santiago.
Und die Banane Qualle sein will,
geh ich nach Santiago.
Ich geh nach Santiago
mit dem blonden Kopf des Herrn Fonseca.
Ich geh nach Santiago.
Und dem Rosa von Romeo und Julia
geh ich nach Santiago.
Meer aus Papier und Silber von Münzen.
Ich geh nach Santiago.
O Kuba! O Rhythmus der trockenen Samen!
Ich geh nach Santiago.
O warme Lenden und flüssiges Holz!
Ich geh nach Santiago.
Harfe aus lebenden Stämmen, Kaiman und Tabaksblüte.
Ich geh nach Santiago.
Ich habe immer gesagt, ich ginge einmal nach Santiago
in einem Wagen mit schwarzem Wasser.
Ich geh nach Santiago.
Wind und Alkohol um die Räder,
ich geh nach Santiago.
Meine Koralle im Nebel,
ich geh nach Santiago.
Das Meer, auf dem Sandstrand ertrunken,
ich geh nach Santiago.

Calor blanco, fruta muerta,
iré a Santiago.
¡Oh bovino frescor de cañaveras!
¡Oh Cuba! ¡Oh curva de suspiro y barro!
Iré a Santiago.

Weiße Hitze, totes Obst,
ich geh nach Santiago.
O Kühle des Zuckerrohrs, sanft wie ein Rind!
O Kuba, du Kurve aus Seufzern und Lehm!
Ich geh nach Santiago.

Apéndice

Anhang

El poeta pide ayuda a la Virgen

Pido a la divina Madre de Dios,
Reina Celeste de todo lo criado,
me dé la pura luz de los animalitos
que tienen una sola letra en su vocabulario.
Animales sin alma. Simples formas.
Lejos de la despreciable sabiduría del gato.
Lejos de la profundidad ficticia de los búhos.
Lejos de la escultórica sapiencia del caballo.
Criaturas que aman sin ojos,
con un solo sentido de infinito ondulado
y que se agrupan en grandes montones
para ser comidas por los pájaros.
Pido la sola dimensión
que tienen los pequeños animales planos
para narrar cosas cubiertas de tierra
bajo la dura inocencia del zapato.
No hay quien llore porque comprenda
el millón de muertecitas que tiene el mercado.
Esa muchedumbre china de las cebollas decapitadas
y ese gran sol amarillo de viejos peces aplastados.

Tú, Madre siempre temible. Ballena de todos los cielos.
Tú, Madre siempre bromista. Vecina del perejil prestado.
Sabes que yo comprendo la carne mínima del mundo
para poder expresarlo.

Der Dichter bittet die Jungfrau Maria um Beistand

Ich bete zur heiligen Muttergottes,
der himmlischen Königin aller Kreatur,
daß sie mir das reine Licht der kleinen Tiere schenkt,
deren Wortschatz sich auf einen Buchstaben beschränkt.
Tiere ohne Seele. Einfache Formen.
Weit von der verächtlichen Weisheit der Katze.
Weit vom unechten Tiefsinn der Uhus.
Weit von der polierten Klugheit des Pferdes.
Geschöpfe, die ohne Augen lieben,
mit einem einzigen Sinn – für Unendliches in Wellen,
und sich in großen Haufen zusammenballen,
um von den Vögeln gefressen zu werden.
Ich bitte um die eine Dimension,
die für kleine, flache Tiere ausreicht,
um erdige Dinge zu erzählen
unter der harten Unschuld des Schuhs.
Niemand weint eine Träne, weil er begreift,
daß auf einen Marktplatz eine Million kleiner Tode geht.
Diese chinesische Masse geköpfter Zwiebeln,
diese große gelbe Sonne aus zerquetschten alten Fischen.

Du, stets fürchterliche Mutter. Walkuh aller Himmel.
Du, stets fidele Mutter. Nachbarin mit der geborgten Petersilie.
Du weißt, ich begreife auch das kleinste Fleisch der Welt,
damit ich sie ausdrücken kann.

Tierra y luna

Me quedo con el transparente hombrecillo
que come los huevos de la golondrina.
Me quedo con el niño desnudo
que pisotean los borrachos de Brooklyn.
Con las criaturas mudas que pasan bajo los arcos.
Con el arroyo de venas ansioso de abrir sus manecitas.

Tierra tan solo. Tierra.
Tierra para los manteles estremecidos,
para la pupila viciosa de nube,
para las heridas recientes y el húmedo pensamiento.
Tierra para todo lo que huye de la tierra.

No es la ceniza en vilo de las cosas quemadas,
ni los muertos que mueven sus lenguas bajo los árboles.
Es la tierra desnuda que bala por el cielo
y deja atrás los grupos ligeros de ballenas.

Es la tierra alegrísima, imperturbable nadadora,
la que yo encuentro en el niño y en las criaturas que pasan los arcos.
Viva tierra de mi pulso y del baile de los helechos
que deja a veces por el aire un duro perfil de Faraón.

Me quedo con la mujer fría
donde se queman los musgos inocentes.
Me quedo con los borrachos de Brooklyn
que pisan al niño desnudo.
Me quedo con los signos desgarrados
de la lenta comida de los osos.

Pero entonces bajó la luna despeñada por las escaleras,
poniendo las ciudades de hule celeste y talco sensitivo,
llenando de pies de marmol la llanura sin recodos
y olvidando bajo las sillas diminutas carcajadas de algodón.

Erde und Mond

Mir bleibt das durchsichtige Männlein,
das die Eier der Schwalbe verzehrt.
Mir bleibt das nackte Kind,
das Brooklyns Säufer niedertrampeln.
Die stummen Geschöpfe, die unter den Bögen durchschlüpfen.
Der Aderbach, der so gern seine kleinen Hände öffnen möchte.

Nichts als Erde. Erde.
Erde für die schaudernden Tischtücher,
für die Pupille mit Wolkenmakel,
für die frischen Wunden und das feuchte Denken.
Erde für alles, was die Erde flieht.

Es ist nicht die schwebende Asche der verbrannten Dinge,
es sind nicht die Toten, die unter den Bäumen die Zunge bewegen.
Es ist die nackte Erde, die am Himmel blökt
und flinke Scharen von Walen überholt.

Die wunderbar fröhliche, seelenruhige Schwimmerin Erde –
sie finde ich im Kind und in den Geschöpfen, die unter die Bögen schlüpfen.
Lebendige Erde in meinem Puls und im Tanz der Farne,
der manchmal ein hartes Pharaonenprofil in der Luft hinterläßt.

Mir bleibt die kalte Frau,
an der die schuldlosen Moose verbrennen.
Mir bleiben Brooklyns Säufer,
die das nackte Kind niedertrampeln.
Mir bleiben die zerfetzten Spuren
der genüßlichen Bärenmahlzeit.

Dann aber stürzte der Mond kopfüber die Treppen herunter,
überzog die Städte mit hellblauem Wachstuch und hochempfindlichem Talk,
füllte die buchtenlose Ebene ganz mit Marmorfüßen
und vergaß unter allen Sitzen winzige Wattegelächter.

¡Oh Diana, Diana, Diana vacía,
convexa resonancia donde la abeja se vuelve loca!
Mi amor es paso, tránsito, larga muerte gustada,
nunca la piel ilesa de tu desnudo huido.

Es Tierra, ¡Dios mio!, Tierra lo que vengo buscando.
Embozo de horizonte, latido y sepultura.
Es dolor que se acaba y amor que se consume.
Torre de sangre abierta con las manos quemadas.

Pero la luna subía y bajaba las escaleras,
repartiendo lentejas desangradas en los ojos,
dando escobazos de plata a los niños de los muelles
y borrando mi apariencia por el término del aire.

28 de agosto, 1929.
Cabaña de Dew Kun Inn, Eden Mills, Vermont

O Diana, Diana! Ausgehöhlte Diana.
Konvexer Widerhall, der die Biene zum Wahnsinn treibt.
Meine Liebe ist Durchgang, Überfahrt, lang ausgekosteter Tod,
niemals aber die unberührte Haut deiner flüchtigen Nacktheit.

Es ist Erde, mein Gott! Erde, was ich hier suche.
Verhüllung des Horizontes, Herzschlag und Grab.
Schmerz, der zu Ende geht, Liebe, die sich verzehrt.
Klaffender Turm aus Blut mit versengten Händen.

Doch der Mond stieg die Treppen hinauf und hinunter,
streute blutleere Linsen in alle Augen,
scheuchte mit Silberbesen die Kinder vom Kai
und löschte meine Erscheinung am äußersten Punkt der Luft.

28. August 1929,
Dew Kun Inn, Eden Mills, Vermont

Pequeño poema infinito

Para Luis Cardoza y Aragón

Equivocar el camino
es llegar a la nieve
y llegar a la nieve
es pacer durante varios siglos las hierbas de los cementerios.
Equivocar el camino
es llegar a la mujer,
la mujer que no teme la luz,
la mujer que mata dos gallos en un segundo,
la luz que no teme a los gallos
y los gallos que no saben cantar sobre la nieve.
Pero si la nieve se equivoca de corazón,
puede llegar el viento Austro,
y como el aire no hace caso de los gemidos,
tendremos que pacer otra vez las hierbas de los cementerios.
Yo vi dos dolorosas espigas de cera
que enterraban un paisaje de volcanes
y vi dos niños locos
que empujaban llorando las pupilas de un asesino.
Pero el dos no ha sido nunca un número,
porque es una angustia y su sombra,
porque es la demostración del otro infinito que no es suyo
y es las murallas del muerto
y el castigo de la nueva resurrección sin finales.
Los muertos odian el número dos,
pero el número dos adormece a las mujeres,
y como la mujer teme la luz
la luz tiembla delante de los gallos
y los gallos sólo saben volar sobre la nieve,
tendremos que pacer sin descanso las hierbas de los cementerios.

New York, 10 de enero 1930

Kleines unendliches Gedicht

Für Luis Cardoza y Aragón

Den falschen Weg nehmen
heißt auf den Schnee treffen,
und auf den Schnee treffen
heißt ein paar Jahrhunderte lang Friedhofsgras weiden.
Den falschen Weg nehmen
heißt auf die Frau treffen,
die Frau, die das Licht nicht scheut,
die Frau, die in einer Sekunde zwei Hähne umbringt,
das Licht, das die Hähne nicht scheut,
und die Hähne, die auf Schnee nicht krähen können.
Doch wenn der Schnee das falsche Herz nimmt,
kann der Südwind eintreffen,
und weil die Luft auf Seufzer keine Rücksicht nimmt,
werden wir schon wieder Friedhofsgras weiden müssen.
Ich sah zwei schmerzhafte Ähren aus Wachs,
die begruben eine Landschaft aus Vulkanen,
und ich sah zwei verrückte Kinder,
die wälzten weinend die Pupillen eines Mörders vor sich her.
Doch die Zwei war nie eine Zahl,
denn sie ist eine Angst und ihr Schatten,
denn sie ist der Beweis des anderen Unendlichen, das nicht ihr gehört,
und sie ist die Mauern des Toten
und die Strafe der erneuten, endlosen Auferstehung.
Die Toten hassen die Zahl Zwei,
doch die Zahl Zwei wiegt die Frauen in Schlaf,
und da die Frau das Licht scheut,
das Licht vor den Hähnen zittert
und die Hähne nur über Schnee fliegen können,
werden wir unaufhörlich Friedhofsgras weiden müssen.

New York, 10. Januar 1930

Infancia y muerte

Para buscar mi infancia, ¡Dios mío!,
comí naranjas podridas, papeles viejos, palomares vacíos,
y encontré mi cuerpecito comido por las ratas
en el fondo del aljibe con las cabelleras de los locos.
Mi traje de marinero
no estaba empapado con el aceite de las ballenas,
pero tenía la eternidad vulnerable de las fotografías.
Ahogado, sí, bien ahogado, duerme, hijito mío, duerme,
niño vencido en el colegio y en el vals de la rosa herida,
asombrado con el alba oscura del vello sobre los muslos,
asombrado con su propio hombre que masticaba tabaco en su costado siniestro.
Oigo un río seco lleno de latas de conserva,
donde cantan las alcantarillas y arrojan las camisas llenas de sangre,
un río de gatos podridos, que fingen corolas y anémonas
para engañar a la luna y que se apoye dulcemente en ellos.
Aquí, solo con mi ahogado.
Aquí, solo con la brisa de musgos frios y tapaderas de hojalata.
Aquí, solo, veo que ya me han cerrado la puerta.
Me han cerrado la puerta y hay un grupo de muertos
que juega al tiro al blanco y otro grupo de muertos
que busca por la cocina las cáscaras de melón
y un solitario, azul, inexplicable muerto,
que me busca por las escaleras, que mete las manos en el aljibe,
mientras los astros llenan de ceniza las cerraduras de las catedrales
y las gentes se quedan de pronto con todos los trajes pequeños.
Para buscar mi infancia, ¡Dios mío!,
comí limones estrujados, establos, periódicos marchitos,
pero mi infancia era una rata que huía por un jardín oscurísimo,
una rata satisfecha, mojada por el agua simple,
una rata para el asalto de los grandes almacenes
y que llevaba un anda de oro entre sus dientes diminutos.

Nueva York, 7 de octubre, 1929

Kindheit und Tod

Auf der Suche nach meiner Kindheit, mein Gott!
aß ich faule Orangen, alte Zettel, leere Taubenschläge
und fand nichts als meinen kleinen, rattenzerfressenen Körper
auf dem Grund der Zisterne, umrahmt von den Mähnen der Irren.
Mein Matrosenanzug
war nicht vom Waltran durchtränkt,
doch er war von der gleichen verletzlichen Ewigkeit wie eine Photographie.
Ertrunken, o ja, ganz ertrunken, schlafe, mein Söhnchen, schlaf,
ein Junge, besiegt in der Schule und im Walzer der wunden Rose,
staunend über die dunkle Dämmerung des Flaums auf seinen Schenkeln,
staunend über das Männerwesen, das in seiner sinistren Flanke Tabak kaute.
Ich höre einen Fluß ohne Wasser, doch voller Konservendosen,
dort singen die Abwasserrohre und spucken blutige Hemden.
Einen Fluß voll verwester Katzen, die so tun, als seien sie Blüten und Anemonen,
damit der getäuschte Mond sich zärtlich auf sie stützt.
Hier, ganz alleine mit meinem Ertrunkenen.
Hier, ganz allein mit der Brise der kalten Moose und blechernen Deckel.
Hier, ganz alleine, seh ich, daß ich schon ausgesperrt bin.
Ich bin ausgesperrt, und da ist eine Gruppe von Toten,
die auf Scheiben schießen, und eine andere Gruppe von Toten,
die in der Küche nach Melonenschalen stöbern,
und dann ein einsamer, blauer, unerklärlicher Toter,
der sucht nach mir auf den Treppen und langt mit den Händen in die Zisterne,
während die Gestirne Asche in die Schlösser der Kathedralen füllen,
und den Leuten ist plötzlich jeder Anzug zu klein.
Auf der Suche nach meiner Kindheit, mein Gott!
aß ich zerquetschte Zitronen, Ställe, welkes Zeitungspapier,
doch meine Kindheit war eine fliehende Ratte in einem stockdunklen Garten,
eine satte Ratte, naß vom einfachen Wasser,
eine Ratte für den Sturm auf das Warenhaus,
die eine goldene Trage in den winzigen Zähnen hielt.

New York, 7. Oktober 1929

[Ein Dichter in New York]

Meine Damen und Herren,

Jedesmal, wenn ich vor vielen Leuten sprechen muß, kommt es mir so vor, als hätte ich mich in der Tür geirrt. Freundliche Hände haben mich hereingeschoben, und da bin ich nun. Jeder zweite von uns irrt zwischen Vorhängen, gemalten Bäumen und Blechbrunnen umher, und wenn er glaubt, er stünde vor seinem Zimmer oder seinem kleinen Kreis aus warmem Sonnenschein, stößt er auf einen Kaiman, der ihn verschlingt, oder ... auf das Publikum, so wie ich in diesem Augenblick. Und heute habe ich kein anderes Schauspiel zu bieten als eine bittere, aber lebendige Lyrik, und ich glaube, ich kann sie dazu bringen, unter meiner Peitsche die Augen aufzuschlagen.

Ich habe gesagt »ein Dichter in New York« und hätte doch sagen sollen »New York in einem Dichter«. Und dieser Dichter bin ich. Schlicht und einfach; ich habe zwar weder Geist noch Talent, aber ich bin fähig, durch einen trüben Schliff aus dem Spiegel des Tages zu entwischen, und das kann ich schneller als so manches Kind. Ein Dichter also, der in diesen Saal kommt und sich einbilden möchte, er sei in seinem Zimmer und ihr seid ... Sie seien meine Freunde und alle geschriebene Lyrik treffe auf Augen, die dem dunklen Vers sklavisch folgen, und alle gesprochene Lyrik auf hörige, freundlich gesonnene Ohren, durch die das strömende Wort Blut in die Lippen und Himmel auf die Stirn des Hörers trägt.

Wie dem auch sei, wir sollten uns nichts vormachen. Ich bin heute nicht gekommen, um Sie zu unterhalten. Ich will es nicht, es läßt mich kalt, und ich habe auch gar keine Lust dazu. Ich bin vielmehr hier, um zu ringen. Um Körper an Körper mit einer ruhigen Masse zu ringen, denn ich werde keinen Vortrag halten, sondern Gedichte lesen, mein Fleisch und Blut, meine Freude und mein Leid, und ich muß mich verteidigen gegen diesen gewaltigen Drachen, vor dem ich stehe, der mich mit den dreihundert gähnenden Mäulern seiner dreihundert enttäuschten Köpfe verschlingen kann. Und darin besteht der Kampf; denn auf jeden Fall will ich mich mitteilen, da ich nun einmal gekommen bin, hier vor euch stehe, für einen Augenblick aus meinem langen dichterischen Schweigen aufgetaucht bin, und ich will euch keinen Honig geben, den habe ich nicht zu bieten, sondern Sand oder Schierling oder Salzwasser. Kampf Körper an Körper, und es ist mir egal, ob ich unterliege.

Wir sollten uns einig sein, daß eine der schönsten Haltungen des Menschen die des heiligen Sebastian ist.
Nun, bevor man Gedichte laut und vor vielen anderen Wesen rezitiert, muß man zuerst den *Kobold* um Hilfe bitten; nur so werden alle zurechtkommen, auch ohne die Hilfe ihres Verstandes und ohne kritischen Apparat, nur so werden sie die Schwierigkeit der Metapher in einem einzigen Augenblick bewältigen und der Stimme rasch genug nachjagen, um die rhythmische Gestalt des Gedichts zu erfassen. Denn die Qualität eines echten Gedichts erschließt sich nie in der ersten Lektüre, schon gar nicht bei der Art von Gedichten, die ich lesen werde; sie stecken voller poetischer Ereignisse, die einer ausschließlich lyrischen Logik gehorchen und als dichtes Geflecht über einer Grundlage aus menschlichem Gefühl und poetischer Architektur liegen; solche Gedichte sind nicht rasch aufzufassen, es sei denn mit der freundlichen Hilfe des *Kobolds*.
Ich jedenfalls, als Mensch wie als Dichter, habe ein großes Regencape, das Cape »selber schuld«, das werfe ich jedem über, der mir Erklärungen abverlangt – mir, der ich nichts erklären, sondern nur das Feuer stammeln kann, das mich verbrennt.
Ich werde euch nicht sagen, wie New York *von außen* ist, denn New York und Moskau sind die beiden gegensätzlichen Städte, über die sich heute ein Strom beschreibender Bücher ergießt; ich werde auch keine Reise erzählen, sondern meine lyrische Reaktion in aller Aufrichtigkeit und Schlichtheit; Aufrichtigkeit und Schlichtheit, die dem Intellektuellen entsetzlich schwer-, dem Dichter jedoch leichtfallen. Schon um überhaupt hierherzukommen, mußte ich meine dichterische Scham besiegen.

Die beiden ersten Elemente, die dem Reisenden in der großen Stadt auffallen, sind außermenschliche Architektur und rasender Rhythmus. Geometrie und Angst. Auf den ersten Blick kann man den Rhythmus für Fröhlichkeit halten, doch betrachtet man die Mechanik des gesellschaftlichen Lebens und die schmerzliche Sklaverei von Mensch und Maschine genauer, begreift man jene typische leere Angst, die selbst Verbrechen und Gangstertum als Ausweg entschuldbar macht.
Die scharfen Kanten ragen ohne Wunsch nach Wolken oder Glorie in den Himmel. Die gotischen Rippen wuchsen noch aus den Herzen der Toten in den Gräbern; diese aber steigen kalt in die Höhe, in wurzelloser Schönheit, die

sich um das Ende nicht schert, in rohem Selbstvertrauen, ohne, wie es die geistliche Architektur vermag, die stets unzureichende Absicht des Architekten zu überwinden oder aufzuheben. Nichts ist poetischer und schrecklicher als der Kampf der Wolkenkratzer mit dem Himmel über ihnen. Schneegestöber, Regenschauer und Nebelfelder untermalen, befeuchten, verwischen die riesigen Türme; diese aber, blind für jedes Spiel, nichts ausdrückend als ihre kalte, jedem Geheimnis feindliche Intention, kappen dem Regen die Haare oder lassen ihre dreitausend Schwerter durch den weichen Schwan des Nebels scheinen.

Innerhalb weniger Tage setzt sich der Eindruck fest, daß diese ganze riesige Welt wurzellos ist, und man versteht vollkommen, warum der hellsichtige Edgar Poe sich hier dem Mysterium und innigen Fieber des Rausches in die Arme werfen mußte.

Ich aber, allein und ziellos, beschwor meine Kindheit so:

- *Gedicht: 1910 (Zwischenspiel)*

Ich, allein und ziellos, erschöpft vom Rhythmus der riesigen Leuchtreklamen am Times Square, floh in diesem kleinen Gedicht vor dem gewaltigen Heer der Fenster, in denen niemand je Zeit hat, eine Wolke anzusehen oder sich mit einer jener zarten Brisen zu unterhalten, die das Meer unermüdlich ausschickt, ohne jemals Antwort zu bekommen.

- *Gedicht: Vom Himmel umgebracht**

Doch man muß in die Stadt hinaus und sie überwinden, man darf sich nicht den lyrischen Reaktionen überlassen, ohne mit den Leuten auf der Straße, mit dem Gemisch aus aller Herren Länder in Tuchfühlung gegangen zu sein.

Also gehe ich auf die Straße und treffe auf die Schwarzen. In New York finden sich alle Rassen der Welt zusammen, doch Chinesen, Armenier, Russen, Deutsche bleiben Fremde dort. Nur die Schwarzen nicht. Ohne Zweifel ist ihr Einfluß auf Nordamerika gewaltig, und auch wenn das manchem nicht paßt, sie sind spiritueller und zarter als irgend etwas anderes in jener Welt. Denn sie glauben, sie hoffen, sie singen und sie besitzen eine köstliche, religiöse Faulheit, die sie vor der ganzen gefährlichen Plackerei rettet, der sie heute ausgesetzt sind.

Durchstreift man die Bronx oder Brooklyn, wo die blonden Amerikaner wohnen, so spürt man eine Art Dumpfheit, wie von Leuten, die Mauern lieben,

---

* *Vom Spaziergang zurück*

weil man nicht durch sie hindurchsehen kann; eine Uhr in jeder Wohnung und ein Gott, von dem man kaum eine Fußsohle ahnen kann. Im Viertel der Schwarzen dagegen gibt es so etwas wie einen ständigen lächelnden Blickkontakt, ein tiefes Vibrieren der Erde, daß selbst die vernickelten Säulen rostig werden, und irgendein kleiner Junge mit einer Wunde bietet dir seine Apfeltasche an, wenn du ihm beharrlich in die Augen schaust.

Von der Universität, wo ich wohnte und wo ich nicht der schreckliche Mister Lorca meiner Professoren, sondern der befremdliche *sleepy boy* der Zimmermädchen war, wanderte ich an vielen Vormittagen dort hinunter, um die Schwarzen tanzen zu sehen und zu erfahren, was sie dachten, denn der Tanz ist die einzige Form, die ihrem Schmerz angemessen ist, der brennende Ausdruck ihrer Gefühle; und ich schrieb dieses Gedicht:

- *Ideal und Paradies der Schwarzen.*

Doch das war es noch nicht. Ästhetisches Ideal und blaues Paradies war nicht, was ich vor Augen hatte. Was ich betrachtete und durchstreifte und erträumte, war das große schwarze Harlem, die wichtigste Stadt der Schwarzen weltweit, wo das Schlüpfrige eine Aura von Unschuld hat, die es bestürzend und religiös macht.

Ein Viertel mit rötlichen Häusern voller Pianolas, Radios und Kinos, aber mit jenem *Argwohn*, der zum Charakter der Rasse gehört. Angelehnte Türen, Kinder aus Porphyr voller Angst vor den Reichen aus der Park Avenue, Grammophone, deren Singsang brüsk unterbrochen wird. Warten auf die Feinde, die über den East River kommen und den genauen Ort bezeichnen könnten, wo die Idole schlafen. Ich wollte das Gedicht der schwarzen Rasse in Nordamerika schreiben und zeigen, wie sehr es die Schwarzen schmerzt, Schwarze zu sein in einer so widrigen Welt; Sklaven aller Erfindungen und Maschinen des weißen Mannes zu sein, getrieben von der ständigen Angst, sie könnten eines Tages vergessen, wie man den Gasofen einschaltet, ein Automobil lenkt, sich den gestärkten Kragen zuknöpft, oder könnten sich eine Gabel ins Auge stechen. Denn es sind nicht ihre eigenen Erfindungen, sie leben auf Pump, und die schwarzen Väter müssen zu Hause strikte Disziplin walten lassen, damit Frau und Kinder nicht die Grammophonplatten anbeten und die Autoreifen aufessen.

Doch jeder Besucher fühlt, daß diese brodelnde Masse den Drang hat, eine Nation zu bilden, und wenn sie auch manchmal ein Schauspiel aus sich machen, so bewahren sie sich dabei doch stets einen spirituellen Kern, der nicht käuflich ist. In einem Kabarett – Smalls* *Paradise* –, dessen tanzendes Publikum so schwarz, feucht und klumpig war wie eine Dose Kaviar, sah ich einmal eine nackte Tänzerin in konvulsivischer Bewegung unter einem unsichtbaren Feuerregen. Doch während um sie alles schrie und glaubte, sie sei vom Rhythmus ganz und gar besessen, überraschte ich einen Moment lang in ihren Augen den Ausdruck der inneren Distanz, der weiten Ferne, der Gewißheit, daß sie gar nicht anwesend war unter den bewundernden Blicken der fremden und der amerikanischen Zuschauer. So wie sie war ganz Harlem.

Ein andermal sah ich ein kleines schwarzes Mädchen auf einem Fahrrad. Was gibt es Rührenderes? Die dunkel gebeizten Beine, die kalten Zähne auf dem matt glimmenden Rosa ihrer Lippen und auf dem Kopf ein Knäuel wolliger Haare. Ich schaute sie unverwandt an – und sie blickte zurück. Doch mein Blick sagte: »Kleines Mädchen, warum fährst du Fahrrad? Kann ein schwarzes Mädchen wirklich auf so einem Apparat fahren? Gehört es dir? Wo hast du es gestohlen? Glaubst du denn, du kannst es lenken?« Und in der Tat schlug sie einen Purzelbaum und fiel, ein Bündel Beine und Räder, einen sanften Abhang hinunter.

Doch ich protestierte jeden Tag. Ich protestierte angesichts der kleinen schwarzen Jungen, denen der steife Kragen den Hals abschnürt, denen Stiefel und Anzug Gewalt antun, während sie die Spucknäpfe kalter Männer leeren, die wie Enten sprechen.

Ich protestierte, wenn ich all das aus dem Paradies entwendete Fleisch sah, über das Juden mit eisiger Nase und messerscharfer Seele verfügen durften, und ich protestierte gegen das Allertraurigste, dagegen, daß die Schwarzen keine Schwarzen sein wollen, daß sie sich Pomaden erfinden, um die entzükkende Kräuselung des Haares loszuwerden, und Pülverchen, die das Gesicht grau machen, und Säfte, die die Taille verbreitern und die saftige Kakifrucht der Lippen austrocknen.

Ich protestierte, und einen Eindruck davon vermittelt diese Ode an den König von Harlem, den Geist der schwarzen Rasse, zugleich ein Schrei der Ermutigung für die, die zittern, kleinmütig werden und linkisch nach dem Fleisch der weißen Frauen schielen.

---

* Lorca schreibt »Small Paradise«, der Club hieß aber nach den Besitzern E. und Ch. Smalls.

[*Der König von Harlem*]
Und doch, das wirklich wilde und rasende New York liegt nicht in Harlem. Dort steigt der Dunst der Menschen auf, es gibt Kindergeschrei, Familien, Kräuter, es gibt Trost für den Schmerz und sanfte Verbände für die Wunden.
Das große Schauspiel der Kälte und Grausamkeit bietet die Wall Street. Aus allen Erdteilen fließt das Gold in Strömen dorthin, und mit ihm kommt der Tod. Hier spürt man stärker als irgendwo sonst in der Welt die völlige Abwesenheit des Geistes: Herden von Menschen, die nicht bis vier zählen können, Herden von Menschen, die nicht weiter kommen als bis sechs, Verachtung für die reine Wissenschaft und dämonisch hoher Wert der Gegenwart. Und was das Schlimmste ist: Die ganze Masse, die hier zusammenkommt, glaubt, so sei die Welt, so werde sie immer sein, und ihre Pflicht bestehe darin, die große Maschine Tag und Nacht und immer und ewig in Gang zu halten. So sieht das vollendete Produkt einer protestantischen Moral aus, bei der mir, als gutem Spanier (Gott sei's gedankt!), die Haare zu Berge standen.
Ich hatte das Glück, mit eigenen Augen den letzten »crash« zu sehen, bei dem mehrere Billionen Dollar verlorengingen, ein echter Aufruhr des toten Geldes, das sich ins Meer stürzte, und nie habe ich so wie damals, mitten zwischen den Selbstmördern, den Hysterikern und ganzen Gruppen von Ohnmächtigen, dem leibhaftigen Tod ins Auge gesehen, dem hoffnungslosen Tod, der nur Verwesung ist und sonst nichts, denn dieses Schauspiel war furchtbar und zugleich ohne jede Größe. Ich aber, der ich aus einem Land komme, wo, wie der große Vater Unamuno sagen würde, »jede Nacht die Erde zum Himmel aufsteigt«, fühlte in mir einen heiligen Drang, diese ganze Schattenschlucht zu bombardieren, in der die Krankenwagen eben die Selbstmörder mit den schwer beringten Händen abtransportierten.
Deshalb habe ich dort diesen Totentanz spielen lassen. Dazu die typisch afrikanische Maske – ein Tod, der ganz und gar tot ist, ohne Engel oder *Resurrexit*, ein Tod, der von allen guten Geistern verlassen ist, barbarisch und primitiv wie die Vereinigten Staaten, die nie um den Himmel gerungen haben und es niemals tun werden.
[*Totentanz*]
Und die Masse. Niemand kann sich wirklich vorstellen, was eine New Yorker Menschenmenge ist, oder fast niemand: Walt Whitman konnte es, der in ihr die Einsamkeit suchte, und T. S. Eliot kann es; in einem Gedicht quetscht er sie aus wie ein Zitrone und preßt ihr verletzte Ratten, nasse Hüte und Flußschatten ab.

Und wenn diese Masse auch noch betrunken ist, dann stehen wir vor einem der intensivsten Naturschauspiele, die das Leben zu bieten hat.
Coney Island ist ein großer Vergnügungspark, den an Sommersonntagen mehr als eine Million Menschen besuchen. Sie trinken, schreien, essen, wälzen sich im Dreck, und hinterher ist das Meer voller Zeitungspapier, und die Straßen sind verstopft mit Dosen, Zigarettenstummeln, ausgespuckten Bissen und Schuhen ohne Absatz. Dann wälzt sich die Menschenmenge singend heimwärts, erbricht sich in Gruppen von hundert Personen, die über die Geländer der Bootsstege hängen, und uriniert in Gruppen von tausend an jeder Ecke, an verlassenen Booten und an den Denkmälern für Garibaldi oder den Unbekannten Soldaten.
Niemand kann sich ausmalen, wie einsam ein Spanier sich dort fühlt, zumal wenn er aus dem Süden ist. Stolperst du, dann wirst du überrannt, und fällst du ins Wasser, dann wirst du unter Imbißpapierchen begraben.
Das Rumoren dieser schrecklichen Masse erfüllt den ganzen New Yorker Sonntag und donnert im Kavalkadentakt über das hohle Pflaster.
[*Landschaft mit Menschenmenge, die sich erbricht*]
Zur Einsamkeit dieser Gedichte über die Masse passen andere, im gleichen Stil geschriebene, die zu lesen mir die Zeit fehlt, wie etwa die Brooklyn-Bridge-Nocturnes oder der Abend am Battery Place, wo Matrosen, leichte Mädchen, Soldaten und Polizisten über ein müdes Meer tanzen, auf dem Sirenenkühe weiden und Glocken und Heulbojen spazierengehen.
Der August ist da, New York keucht unter einer Hitze, die zu Hause in Ecija nicht schlimmer sein könnte, ich muß aufs Land flüchten.
Ein grüner See, Tannen. Plötzlich, im Wald, ein alter Spinnrocken. Ich wohne bei einer Bauernfamilie. Mary, ein Mädchen, das Ahornsirup löffelt, und Stanton, ein Junge, der Maultrommel spielt, leisten mir Gesellschaft und mühen sich geduldig, mir die Liste der amerikanischen Präsidenten beizubringen. Als wir beim großen Lincoln ankommen, salutieren sie. Stantons Vater hat vier blinde Pferde, die er in dem Dorf Eden Mills gekauft hat. Die Mutter hat fast immer Fieber. Ich renne herum, trinke gutes Wasser, und mir wird leichter ums Herz, hier bei den Tannen und meinen kleinen Freunden. Sie führen mich zu den beiden Fräulein Tyler, zwei völlig verarmten Schwestern, die von einem früheren Präsidenten abstammen. Sie leben in einer Hütte, machen Photos, die sie »Exquisite Stille« nennen, und spielen auf einem unbeschreiblichen Spinett Lieder aus der heroischen Epoche George Washing-

tons. Sie sind alt und tragen Hosen, um sich gegen die Dornen zu schützen, denn sie sind ganz klein, aber sie haben schönes weißes Haar; Hand in Hand hören sie sich ein paar Lieder an, die ich auf dem Spinett improvisiere – ganz allein für sie. Manchmal laden sie mich zum Essen ein, und es gibt nur Tee und ein paar Stückchen Käse, aber ich werde darauf aufmerksam gemacht, daß die Kanne aus echtem Porzellan ist und der Tee Jasmin enthält. Ende August führten sie mich in ihre Hütte und sagten: »Merken Sie nicht, daß es Herbst wird?« Und wirklich, über den Tischen, auf dem Spinett und rund um Tylers Porträt hing das schönste gelbe, rote und orangefarbene Laub, das ich je gesehen habe.
In dieser Umgebung nahm meine Dichtung natürlich einen waldigen Ton an. Ich war die Stadt New York leid und sehnte mich nach armseligen, ganz und gar unbedeutenden Wesen. So schrieb ich ein Insektarium, das ich hier nicht ganz lesen kann, dessen Anfang ich aber hervorheben möchte. Ich bete darin zur Jungfrau Maria, der »Ave Maris Stella« jener reizenden Leute, die sich Katholiken nannten, denn ich brauche ihren Beistand, um die Insekten zu besingen, die ihr Leben damit zubringen, herumzuschwirren und Gott den Herrn mit ihren kleinen Instrumenten zu preisen.
[*Der Dichter bittet die Jungfrau Maria um Beistand*]
Doch eines Tages fiel die kleine Mary in einen Brunnen und ertrank. Ich werde nicht versuchen, dem tiefen Schmerz, der schieren Verzweiflung dieses Tages Ausdruck zu geben. Das bleibt den Bäumen und Mauern überlassen, die mich dort sahen. Schlagartig fiel mir ein anderes Mädchen ein, das ich in Granada gesehen hatte: Wie es aus der Zisterne gezogen wurde, wie die kleinen Hände sich in den Haken verfangen hatten, wie der Kopf gegen die Wände schlug; und die beiden, Mary und die andere, verschmolzen mir zu einem einzigen, weinenden Mädchen, das nicht mehr herausfand aus dem Brunnenkreis und dem stehenden Wasser, das niemals münden kann:
- *Die kleine Ertrunkene im Brunnen (Granada und Newburgh).*
Nach dem Tod des Mädchens hielt ich es im Haus nicht mehr aus. Stanton schluckte mit trauriger Miene den Ahornsirup, den Mary übriggelassen hatte, und die Tyler-Schwestern flatterten wie verrückt durch den Wald, um Herbstphotos zu machen, mit denen sie mich beschenken wollten.
Ich stieg zum See hinunter, und der stille Wasserspiegel, der Kuckuck etc. etc. machten es mir ganz unmöglich, mich zu setzen, denn welche Haltung ich auch einnahm, immer fühlte ich mich wie eine romantische Lithographie mit

dem Titel »Federico ließ seine Gedanken schweifen«. Schließlich riß mich ein großartiger Vers von Garcilaso aus meiner bildhaften Erstarrung. Ein Vers von Garcilaso: *Nuestro ganado pace. El viento espira* – »Unser Vieh weidet. Der Wind bringt Kühlung«. Und so entstand das *Doppelgedicht vom Lake Eden Mills*.

Die Sommerfrische ist vorbei, denn Saturn hält die Züge auf, und ich muß nach New York zurück. Die kleine Ertrunkene, Stanton das »Sirupkind«, die blinden Pferde und die Fräulein in Hosen begleiten mich noch lange.

Der Zug fährt an der kanadischen Grenze entlang, ich fühle mich erbärmlich und vermisse meine kleinen Freunde. Das Mädchen taucht in den Brunnen zurück, umringt von grünen Engeln, und auf der Brust des Jungen wächst allmählich, wie Salpeter auf feuchten Wänden, der grausame Stern, den die amerikanischen Polizisten tragen.

Und dann ... von neuem der frenetische Rhythmus New Yorks. Doch er überrascht mich jetzt nicht mehr, ich kenne den Mechanismus der Straßen, spreche mit den Leuten, durchschaue die Gesellschaft ein wenig besser – und klage sie an. Ich klage sie an, weil ich vom Land bin und glaube, daß der Mensch nicht das wichtigste ist.

[*New York (Büro und Anklage)*]

Die Zeit vergeht, es ist zu spät, um noch mehr Gedichte zu lesen, und wir müssen New York verlassen. Ich lasse also die Weihnachtsgedichte und die Hafengedichte beiseite, wenn Sie Interesse haben, können Sie sie eines Tages im Buch nachlesen.

Die Zeit vergeht, und schon stehe ich auf dem Schiff, das mich aus der heulenden Stadt auf die schönen Antillen entführt.

Der erste Eindruck von der Wurzellosigkeit dieser Welt hat sich bestätigt ...

Denn wenn das Rad seine Formel vergißt,
dann kann es nackt mit den Pferdeherden singen;
und wenn eine Flamme die eisigen Pläne versengt,
dann treibt der Aufruhr der Fenster den Himmel davon.

Kanten und Rhythmus, Formen und Angst, all das wird vom Himmel verschluckt. Der Kampf zwischen Turm und Wolke ist aus, kein Fensterschwarm frißt mehr den größten Teil der Nacht. Fliegende Fische weben feuchte Girlanden, und der Himmel rennt wie Picassos schreckliches blaues Riesenweib mit ausgebreiteten Armen am Meer entlang.

Der Himmel hat über den Wolkenkratzer triumphiert, und die New Yorker Architektur erscheint mir jetzt wie ein Wunder; sieht man einmal von dem Willen ab, der dahintersteht, so vermag sie zu bewegen wie ein Naturschauspiel, wie ein Gebirge, wie eine Wüste. Das Chrysler Building verteidigt sich mit seiner gewaltigen Silberspitze gegen die Sonne, und ich sehe Brücken, Schiffe, Eisenbahnen und Menschen gefesselt und taub vorüberziehen; gefesselt durch ein grausames Wirtschaftssystem, dem man möglichst bald den Hals umdrehen muß, und taub vor lauter Disziplin und weil die unentbehrliche Dosis Wahnsinn fehlt.

Jedenfalls trennte ich mich von New York bewegt und voll echter Bewunderung. Ich hinterließ dort viele Freunde und hatte die nützlichste Erfahrung meines Lebens gemacht. Ich verdanke der Stadt so manches, nicht zuletzt jene Blau- und Grüntöne, wie aus Öldrucken oder britischen Illustrationen, die mir die Küste von New Jersey schenkte, wenn ich mit Anita, der portugiesischen Inderin, und Sofia Megwinoff, der Russin aus Puerto Rico, spazierenging; dazu das phantastische Aquarium und das Raubtierhaus, wo ich zum kleinen Jungen wurde und mich an alle Kinder der Welt erinnerte.

Aber das Schiff gleitet immer weiter fort, und schon weht es wie Palmen und Zimt herüber, es riecht nach einem Amerika mit Wurzeln, dem Amerika Gottes, dem spanischen Amerika.

Doch was ist das? Wieder in Spanien? Im universalen Andalusien?

Das ist doch das Gelb von Cádiz, nur ein Grad wärmer, das Rosa von Sevilla mit einem Stich Scharlachrot und das Granadiner Grün mit einer leichten, fischigen Phosphoreszenz.

Havanna taucht auf, zwischen Zuckerrohrfeldern und im Lärm seiner Maracas, Marimbas und chinesischen Kornette. Und am Hafen, wer steht wohl am Hafen, um mich abzuholen? Die schwarze Trinidad meiner Kindheit, dieselbe, die auf dem Kai von Havanna spazierenging, auf dem Kai von Havanna des Morgens.

Dann kommen die Schwarzen, mit ihren Rhythmen, und ich merke plötzlich, daß sie typisch sind für die Rhythmik des großen andalusischen Volkes; es sind nette Schwarze, sie machen kein Theater, sie rollen die Augen und sagen: »Also wir sind Latinos.«

Vor den drei großen Horizontalen – den Linien des Zuckerrohrs, der Terrassen und der Palmen – tanzen tausend schwarze Frauen mit orange getönten

Wangen (als hätten sie hundertfünfzig Grad Fieber), und sie tanzen diesen *Son*, den ich geschrieben habe und der wie eine Brise von der Insel herüberweht:

Ich geh nach Santiago de Cuba, sobald der Vollmond scheint . . .

Anmerkungen

Dies ist die erste deutsche Ausgabe von *Dichter in New York* auf der Grundlage von Lorcas Originalmanuskript (im folgenden nach seinem ersten Besitzer, José Bergamín, »Konvolut B« genannt), das als Version letzter Hand zu betrachten ist. Dies gilt auch für die Anordnung der Gedichte sowie für die (fragwürdige) Einfügung von *Amantes asesinados por una perdiz*. Das Konvolut stellt den Herausgeber vor vier Arten von Problemen:

1. Interpunktion: B läßt die Zeichensetzung weitgehend offen. Ich folge im wesentlichen der von Mario Hernández (1990) etablierten Interpunktion.
2. Fehler: Die Typoskripte und Handschriften von B sind alles andere als frei von Diktat- bzw. Abschreibefehlern.
3. Unabgeschlossenes: Lorcas Manuskripte, aber auch seine handschriftlichen Überarbeitungen lassen an einigen Stellen die endgültige Entscheidung zwischen zwei textuellen Alternativen offen.
4. Leerstellen: In dem Paket, das Bergamín von Lorca erhielt, fehlten sechs Gedichte (*Tu infancia en Menton*, *Nocturno del hueco*, *Paisaje con dos tumbas y un perro asirio*, *Amantes asesinados por una perdiz*, *Crucifixión* und *Vals en las ramas*). Die ersten drei Texte wurden von Bergamín und seinen Mitarbeitern (in zum Teil fehlerhaften oder frühen Versionen) nachträglich beigefügt. Die vorliegende Edition aller sechs Gedichte folgt von Lorca autorisierten Einzeldrucken in Zeitschriften bzw. (für *Crucifixión* und *Vals en las ramas*) erhaltenen Manuskripten.

Der spanische Text ist, außer in einigen Zweifelsfällen, identisch mit dem der sehr verläßlichen Ausgabe von Christopher Maurer (siehe unten), der auch die Anmerkungen vielfach verpflichtet sind. Diese Anmerkungen markieren in erster Linie Abweichungen vom Text des Konvoluts B. Sie dokumentieren ferner einige Stationen der zum Teil abenteuerlichen Textgeschichte.

Im Anhang erscheinen vier Gedichte bzw. Entwürfe (zwei von ihnen, *Der Dichter bittet die Jungfrau Maria um Beistand* und *Kindheit und Tod*, erstmals in deutscher Sprache), die eng mit *Dichter in New York* verbunden sind; dazu Lorcas (im Manuskript unbetitelter) Vortrag, der hier unter der Überschrift *Ein Dichter in New York* erscheint.

Abkürzungen

B	Konvolut, das Bergamín 1936 von Lorca erhielt. Grundlage der Ausgaben »Séneca« (S) und »Norton« (N). Kopie in der Fundación Federico García Lorca (Madrid).
CM	Federico García Lorca, *Poet in New York*, hrsg. v. Christopher Maurer, New York: Farrar, Straus & Giroux 1998.
EM	–, *Poeta en Nueva York / Tierra y luna*, hrsg. v. Eutimio Martín, Barcelona: Ariel 1981.

MH –, *Poeta en Nueva York y otras hojas y poemas*, hrsg. v. Mario Hernández, Madrid: Tabapress 1990. (Mit Faksimiles aller in der Fundación Federico García Lorca vorliegenden Manuskripte [Ms]).

N –, *The Poet in New York and Other Poems of Federico García Lorca*, übers. v. Rolfe Humphries, New York: W. W. Norton 1940.

S –, *Poeta en Nueva York*, hrsg. v. José Bergamín, Mexiko: Séneca 1940.

Vuelta de paseo / Vom Spaziergang zurück: Erstdruck: N, S.

1910 (Intermedio) / 1910 (Zwischenspiel): Erstdruck: N, S.

Fabula y rueda de los tres amigos / Fabel von den drei Freunden (Ringelreihen): Erstdruck: N, S. Varianten: Nach Vers 51 setzt B, wie ich meine irrtümlich, keine Leerzeile.

Tu infancia en Menton / Deine Kindheit in Menton: Erstdruck in Manuel Altolaguirres Madrider Zeitschrift *Héroe* 4 (1932); ferner in *Sur* (Buenos Aires) VII, 34 (Juli 1937); beide Male unter dem Titel »Ribera de 1910«. Eine handschriftliche Notiz in B weist Bergamín an, das Gedicht aus *Héroe* zu übernehmen, und nennt den neuen Titel. Dieser spielt auf eine Stadt an der französischen Riviera an. Das Motto entstammt dem Gedicht »Los jardines« aus Jorge Guilléns *Cántico* (1928, 3. Teil). Dem Herausgeber von N gelang es nicht, den Text aufzutreiben; S dagegen kopiert die Version, die 1938 in der Lorca-Gesamtausgabe des Verlags Losada (Buenos Aires) erschienen war; diese wiederum folgt *Héroe* (mit einer Abweichung).
Varianten: Vers 9: *hombro de Apolo* – »Apollos Schulter«: B, S: *hombre de Apolo* – »Mann Apolls«. Die Version B, S ist keine autorisierte Fassung, sondern eine Kopie der Version Losada von 1938 (die die Variante *hombre* einführt – Fehler oder Korrektur?). Ihr folgen seither die meisten Herausgeber. Die Wiederherstellung der Lesart von *Héroe* scheint mir notwendig, da unklar bleibt, auf welcher Basis Losada den Text veränderte.

Norma y paraíso de los negros / Ideal und Paradies der Schwarzen: Erstdruck: N, S. Neben B sind zwei Manuskripte erhalten: Entwurf und Reinschrift, ersterer trägt die Datierung »New York, 12. August 1929«.

El rey de Harlem / Der König von Harlem: Erstdruck: *Los cuatro vientos*, 1 (Madrid, Feb. 1933) – unter dem Titel *Oda al Rey de Harlem*. Ferner drei postume Veröffentlichungen vor N und S: a) *Federico García Lorca. Antología*, hrsg. v. María Zambrano, Santiago de Chile: Panorama 1937; b) *Obras Completas*, VI, Buenos Aires: Losada 1938 (folgt M. Zambrano); c) *Poems F. García Lorca*, hrsg. v. R. Martínez Nadal, London: Dolphin 1939. Das Manuskript in MH trägt die Datierung »New York, 5. August 1929«.
Varianten: Vers 110: *vuestro Moisés*, »euer Moses«: alle Drucke vor N und S. B, N, S (und nach ihnen nahezu alle modernen Herausgeber) haben dagegen *nuestro Moisés*, »unser

Moses«. Ich betrachte die Version B, N, S als Fehler bzw. Hyperkorrektur (das Typoskript des Gedichts in B ist überdurchschnittlich fehlerhaft) und ediere die textuell gut vertretene Variante *vuestro* (Vgl. *Nachwort* S. 220).

Iglesia abandonada / Verlassene Kirche: Erstdruck: *Poesía* I, 7 (Buenos Aires, Nov. 1933). Ferner in *España peregrina*, 4 (Mexiko, Mai 1940), dem Organ der *Junta de Cultura Española*. Wie im Fall von *Grito hacia Roma* handelt es sich um einen Vorabdruck aus der *Séneca*-Ausgabe; beide Gedichte legen eine politische, kirchenkritische Lektüre nahe.
Varianten: Der Untertitel lautet im Ms. *Recuerdo de la Guerra* (Kriegserinnerung); in *Poesía: Recuerdo de la Guerra Europea* und in B, N, S *Recuerdo de la Gran Guerra*.

Danza de la muerte / Totentanz: Erstdruck: *Revista de Avance*, V, 45 (Havanna, 15. April 1930). Das Manuskript in MH besteht aus den (handschriftlich stark überarbeiteten) Seiten der Zeitschrift. B bildet die dritte, noch einmal überarbeitete Fassung.
Varianten: Vers 15: CM korrigiert die B-Lesart *honda* (Schleuder) zu *onda* (Welle), in der berechtigten Annahme, es handle sich um einen Hörfehler des Kopisten. Vers 52: In B ist *ventana* (Fenster) von fremder Hand durch *terraza* ersetzt.

Paisaje de la multitud que vomita / Landschaft mit Menschenmenge, die sich erbricht: Erstdruck: *Poesía* I, 7 (Buenos Aires, Nov. 1933); ferner in *Noreste*, 11 (Zaragoza 1935). Außer B existieren zwei Mss., eines davon ein Entwurf mit der Datierung »New York, 29. Dezember 1929«. Keines der beiden Mss. ist in Strophen unterteilt. Abweichend von B setze ich zwischen Vers 39 und 40 eine Leerzeile.

Paisaje de la multitud que orina / Landschaft mit urinierender Menschenmenge: Erstdruck: N, S.
Varianten: Vers 39: Ms.: *cobras de alambradas* (Kobras aus Stacheldraht); B (N, S): *cobras deslumbradas* (geblendete Kobras). Es läßt sich nicht sicher entscheiden, ob die Lesart B eine Autorkorrektur oder ein Fehler des Kopisten ist. Das Typoskript in B weist auch sonst typische Abschreibfehler auf (Vers 32: *crin* für *orin*).

Asesinato / Mord: Erstdruck: *Cristal*, II, 7 (Orense, Jan. 1933). Neben B existieren zwei Mss.: ein Entwurf (Titel: *Dos voces en la calle 42 – Asesinato)* und die Abschrift des Gedichts im Vortrag über *Dichter in New York* (später gestrichen).

Navidad en el Hudson / Weihnachten am Hudson: Erstdruck: N, S. Das Ms. trägt die Datierung »New York, 27. Dezember 1929«. In B ist der Titel »Poema de Navidad« (Weihnachtsgedicht) von fremder Hand durch den aktuellen ersetzt.

Ciudad sin sueño / Schlaflose Stadt: Erstdruck: Gerardo Diego, Hrsg., *Poesía Española. Antología: 1915-1931*, Madrid: Signo 1932. Ms. mit dem (gestrichenen) Titel *Vigilia* – »Nachtwache« bzw. (liturgisch) »Vigil« – und der Datierung »9. Oktober 1929«.

Panorama ciego de Nueva York / Blindes Panorama von New York: Erstdruck: N, S. Der Titel lautete im Ms. zunächst *Templo del cielo (canto del espíritu interior)* – »Himmelstempel (Gesang des inneren Geistes)«.

Nacimiento de Cristo / Christi Geburt: Erstdruck: N, S. Ms.: nur die ersten vier Strophen. Hernández reproduziert ein weiteres Ms.-Fragment mit dem (aufgegebenen) Entwurf einer Fortsetzung (MH, S. 116). B: Typoskript der Strophen 1-4 mit Korrekturen und Hinzufügung der 5. Strophe von Hand.

La aurora / Die Morgenröte: Erstdruck: N, S. Im Ms. finden sich zwei gestrichene Titel: *Obrero parado* (Arbeitsloser) und *Amanecer* (Tagesanbruch). S, dem seither die meisten Herausgeber gefolgt sind, druckte das Gedicht in fünf vierzeiligen Strophen. Das Ms., N und (wie sich jetzt zeigt) auch B haben keine Stropheneinteilung, geben das Gedicht also nicht als Lied, sondern als hymnisches Fragment.

Poema doble del lago Eden / Doppelgedicht vom Lake Eden: Erstdruck: *Poesía* I, 7 (Buenos Aires, Nov. 1933). Die früheste erhaltene Version stellt ein Ms. dar, das der Schriftsteller Juan Marinello 1930 von Lorca zur Veröffentlichung in der kubanischen *Revista de Avance* erhielt, jedoch nicht publizierte. Es enthält sehr persönliches, aber auch poetologisches Material, das aus späteren Versionen getilgt wurde. In B liegt das Gedicht nur als Handschrift vor, die gegenüber der (in mancher Hinsicht überzeugenderen) Version *Poesía* noch einmal um zwei Strophen verkürzt ist. Das Motto ist Vers 1146 der Zweiten Ekloge von Garcilaso de la Vega (ca. 1501-1536). Der Titel bezieht sich auf den Lake Eden Mills in Vermont, Lorcas Sommerquartier im Jahr 1929.
Varianten: Bergamíns Transkription des B-Manuskripts (und damit N und S) sind an einigen Stellen korrekturbedürftig. Vers 3: *la vino* (Flüchtigkeit für *la [que] vino*). Von S fälschlich ergänzt zu *la adivino* (»ich ahne sie«). Vers 11: S liest *niño pesado* (schwer, lästig), N liest *niño pasado* (vergangen, überreif). Ich lese *pasado*. In Vers 14 und 17 ist die Singular/Plural-Konkordanz gestört: Lorca schreibt in beiden Versen *Déjame*, dann aber in Vers 17 den Plural *hombrecillos*. Mit Blick auf die Version *Poesía* ediere ich in beiden Fällen den Singular. Vers 30: N, S: *Oh voz antigua*, B: *Ay voz antigua*. Vers 35: N, S: *sonda* (auslotet), B: *ronda* (umkreist).

Cielo vivo / Lebender Himmel: Erstveröffentlichung: *Carteles* (Havanna), 23. Jan. 1938, im Rahmen eines Artikels des Musikkritikers Adolfo Salazar – nach einem Ms., das Lorca 1930 kubanischen Freunden schenkte. Ein zweites Ms. in der Fundación Lorca trägt die Datierung »*Dew-Kum-Inn*-Hütte, Edem (!) Mills, Vermont, 24. August 1929« (»Dew Kum Inn« ist ein privater Spielname für das Landhaus der amerikanischen Familie, bei der Lorca einen Teil des Sommers 1929 verbrachte). Dieses Ms. trägt den handschriftlichen Vermerk »Bueno«.
Varianten: Die Reihenfolge der Manuskript-Strophen 3 und 4 wird in B umgekehrt. Ich folge B, obwohl ein Fehler nicht auszuschließen ist.

El niño Stanton / Der kleine Stanton: Erstdruck: *Carteles* (Havanna), 23. Jan. 1938,unter dem Titel *Stanton*. Neben B existieren zwei Manuskripte: ein handschriftl. Entwurf (Datierung: »New York, 5. Jan. 1930«) und eine maschinelle Reinschrift mit weiteren handschriftl. Korrekturen.

Vaca / Kuh: Erstdruck: *Revista de Occidente* (Madrid) XXXI, 91 (Jan. 1931). Version B besteht aus einer Druckseite der *Revista de Occidente* (nach Maurer handelt es sich um eine Druckfahne) mit geringfügigen handschrift. Korrekturen. Die Widmung an den Architekten Luis Lacasa wurde von Bergamín gestrichen, sie fehlt in S.

Niña ahogada en el pozo / Die kleine Ertrunkene im Brunnen: Erstdruck: Gerardo Diego, *Poesía española. Antología: 1915-1931*, Madrid 1932; eine von Maurer entdeckte Version (Titel: »Niña ahogada en un pozo«) erschien in *Ercilla* V, no. 138 (1937), S. 17. Außer B existieren zwei Manuskripte, eines davon mit der Datierung »New York, 8. Dezember 1929«; der Titel lautete dort zunächst »Estatua«, bevor er durch den aktuellen ersetzt wurde. In B lautet Vers 1 *Las estatuas sufren por los ojos con la oscuridad*... Wie CM korrigiere ich die Vertauschung von *por* und *con*.

Muerte / Tod: Erstdruck: *Revista de Occidente* XXXI, 91 (Jan. 1931). B: unveränderte Seite aus der *Revista de Occidente*; lediglich die Widmung (an den Arzt Luis de la Serna) ersetzte Lorca durch eine Widmung an Isidoro de Blas, die Bergamín aus politischen Gründen strich, sie fehlt in S.

Nocturno del hueco / Lücken-Nocturne: Erstdruck: *Caballo verde para la poesía*, 1 (Oktober 1935) – eine Zeitschrift aus Manuel Altolaguirres Werkstatt. In B findet sich (auf dem Titel von Teil VI) der handschriftliche Vermerk: »das Gedicht Nummer 2 dieses Teils ist das in *Caballo Verde* veröffentlichte ›Nocturno del hueco‹«. Bergamín benutzte als Textbasis für das fehlende Gedicht ein frühes Ms. (vielfach korrigierter erster Entwurf auf Papier der Columbia University, mit der Datierung »New York – Sept., campo, 1929«). Entsprechend fragwürdig fielen die Versionen N und S aus. Wie die meisten modernen Herausgeber folge ich der Version *Caballo verde*, die Lorcas oben zitierter Vermerk ausdrücklich als Vorlage autorisiert.

Paisaje con dos tumbas y un perro asirio / Landschaft mit zwei Gräbern und einem assyrischen Hund: Erstdruck: *1616* VII (1935) – eine von Altolaguirre in London herausgegebene, spanisch-englische Lyrikzeitschrift. B enthält eine Notiz, die Altolaguirre als Besitzer des Manuskripts nennt, und eine auf diesen Hinweis hin angefertigte postume Kopie.

Ruina / Ruine: Erstdruck: *Revista de Occidente* XXXI, 91 (Jan. 1931); danach in Gerardo Diego, *Poesía española. Antología: 1915-1931*, Madrid 1932. Bergamín streicht die Widmung an den Gitarristen Regino Sainz de la Maza. B: Druckseite aus der *Revista de Occidente*. Vers 16-18 sind dort gestrichen und am Rand mit einem Kreuz markiert. N streicht die Verse, S läßt sie stehen, wobei Vers 18 verändert ist: Statt der (gestrichenen) *Revista*-Fassung – *el abrazo de las nubes con el alba* – druckt S die Fassung aus Gerardo Diegos Anthologie – *el duelo de las rocas con el alba*. S restituiert also die gestrichenen Verse durch Rückgriff auf die zweite von Lorca autorisierte (und hinsichtlich des Verses 18 eindeutig verbesserte) Fassung. Diese Entscheidung ist akzeptabel.

Amantes asesinados por una perdiz / Liebespaar von Rebhuhn ermordet: Erstdruck: *Ddooss*, 3 (Valladolid, März 1931). Der Text fehlt in B, eine handschriftliche Notiz schreibt seine Einfügung vor. Weder S noch N gelang es, ein Exemplar der entlegenen Valladolider Zeitschrift aufzutreiben, und bis zur Auffindung von B konnte sich kein Herausgeber entscheiden, dieses dialogische Experiment in den Band aufzunehmen. Es handelt sich um die fragwürdigste der editorischen Entscheidungen, die Lorca in letzter Minute traf – das Stück gehört in den Kontext der sogenannten »Prosagedichte«. Eines der beiden erhaltenen Mss. trägt den Vermerk »Hommage an Guy de Maupassant«.

Luna y panorama de los insectos / Mond und Panorama der Insekten: Erstdruck: N, S. Motto: aus »Canción del pirata« von José de Espronceda.
Varianten: Vers 50: B, S: *nocturnos y desfiles* (»Nachtstücke und Umzüge«), N: *nocturnos desfiles* (»nächtliche Umzüge«); das Ms. zeigt zwischen *nocturnos* und *desfiles* ein halb ausradiertes *y*. Es handelt sich um einen Fehler des Typoskripts in B, den N zu Recht emendiert.

Nueva York (Oficina y denuncia) / New York (Büro und Anklage): Erstdruck: *Revista de Occidente* XXXI, 91 (Jan. 1931). B: handschr. überarbeitete Druckseite der *Revista*. Die Widmung an Fernando Vela, einen Mitarbeiter der *Revista*, wurde von Bergamín gestrichen, wohl aus politischen Gründen (Vela war der *Falange* beigetreten).
Varianten: Vers 48: B: *orinando* – gestrichen, ersetzt durch das später ebenfalls gestrichene *cantando*. Ich betrachte die Korrektur als ungültig. Vers 56: B, S: *el automóvil*, N: *un automóvil*.

Cementerio judío / Jüdischer Friedhof: Erstdruck: N, S. Im Ms. lautet der Titel *Sepulcro judío*; es trägt die Datierung »New York, 18. Januar 1930«.
Varianten: Vers 22: B: *al otoño*; N, S: *en otoño*.

Crucifixión: Erstdruck: *Planas de Poesía* (Las Palmas, Kanarische Inseln) IX (1950). Weder S noch N konnten das Ms. auftreiben, das Lorca verschenkt hatte (B enthält nur einen handschriftlichen Verweis auf den Besitzer, M. Benítez Inglott). Dieser veröffentlichte das Ms. Jahre später in *Planas de Poesía* – der Titel fiel dabei der frankistischen Zensur zum Opfer. Das Blatt ist schlecht erhalten, der Text vielfach radiert, die Entzifferung deshalb schwierig. Ich folge der Transkription von MH (167-169). Umstritten bleibt Vers 33, den EM als unlesbar ausläßt. Die meisten Herausgeber lesen: *y no la niña viva que callaron en la arena* – »und nicht das lebendige Mädchen, das sie im Sand zum Schweigen brachten«; MH korrigiert zu: *y no la primer[a] vida que callaron en la arena* – »und nicht das erste Leben . . .«

Grito hacia Roma / Schrei Richtung Rom: Als »Erstdruck« dieser Ode gilt Bergamíns Artikel »Souvenir de Federico García Lorca. Un poète à New York« (Paris, *Vendredi*, 8. 7. 1938) – mit einer leicht gekürzten französischen Version des Gedichts, die vermutlich von Paul Eluard stammt. Erstdruck des spanischen Originals: *España peregrina*, 1 (Mexiko, Feb. 1940). Als politischer Anlaß für die Abfassung gilt die Unterzeichnung der Lateranverträge zwischen Mussolini und Pius XI (Februar 1929). Die antivatikanische Polemik machte das Gedicht für den Linkskatholiken Bergamín besonders brisant. Ms: Titel: »Roma«, undatiert. B stellt mehrfach gestrichene Varianten des Ms. wieder her.

Oda a Walt Whitman / Ode an Walt Whitman: Erstdruck: Ediciones Alcancía, Mexiko (15. 8. 1933), limitierte Einzelausgabe (50 Exemplare). Ein Fragment (Verse 29-80) erschien in der 2. Auflage von Gerardo Diegos Anthologie *Poesía española* (1934), zwei »bereinigte« Ausschnitte (Verse 45-72 und 92-126) in R. Martínez Nadals Auswahl *Poems F. García Lorca*, London: The Dolphin 1939. Ms: datiert »15. Juni« [1930?]. Die in B unsystematisch eingesetzte Großschreibung (V. 76: *Ecuador*, V. 87: *Vida, etc.*) wurde ignoriert.

Pequeño vals vienés / Kleiner Wiener Walzer: Erstdruck (als *Vals vienés*) in Altolaguirres Londoner Zeitschrift *1616*, 1 (1934); die Version unterscheidet sich substantiell von B. Es existiert ferner eine nicht autorisierte Abschrift mit der Datierung »13. Februar 1930«. B: Manuskript (Reinschrift).

Vals en las ramas / Walzer in den Zweigen: Erstdruck in Altolaguirres Zeitschrift *Héroe* 1, (1932). Ferner in *Poemas escogidos*, Havanna 1939, einer von Altolaguirre zusammengestellten Anthologie. Die Version *Héroe* trägt die Widmung »Hommage an Vicente Aleixandre, für sein Gedicht *Der Walzer*« – aus Aleixandres Band *Espadas como labios* (1932), dessen entsprechender Teil wiederum Lorca gewidmet ist. *Vals en las ramas* fehlt in B, eine handschriftliche Notiz verweist auf *Héroe*. MH, dessen Text ich zugrunde lege, folgt einem von ihm aufgefundenen Manuskript (Datierung: Huerta de San Vicente, 21. 8. 1931), das sich von der Version *Héroe* nur in der Interpunktion unterscheidet.

Son de negros en Cuba: Erstdruck: *Musicalia* 11 (Havanna, April-Mai 1930); Grundlage war ein Ms. im Besitz von Juan Marinello. Es existieren zwei weitere Mss.: ein Fragment und die Abschrift am Ende des Vortrags über *Dichter in New York* (weitgehend identisch mit B). Weitere Drucke in der Zeitung *El Sol* (17. 3. 1932) und in Emilio Ballagas, *Antología de poesía negra hispanoamericana*, Madrid: Aguilar 1935. Der Begriff *Son* bedarf nach dem jüngsten Boom afrokubanischer Musik keiner besonderen Erläuterung. Die Widmung gilt dem kubanischen Anthropologen Fernando Ortiz (1881-1969). Anlaß des Gedichts ist eine Bahnfahrt von Havanna nach Santiago de Cuba. Ein Teil der Motive (Fonseca, Romeo und Julia, Silbermünzen) spielt auf den Dekor von kubanischen Zigarrenkisten an, die Lorca als Kind sah.

Anhang:

El poeta pide ayuda a la Virgen / Der Dichter bittet die Jungfrau Maria um Beistand: Erstdruck: *Obras Completas*, Bd. 7, Buenos Aires: Losada 1938 – unter dem Titel *Luna y panorama de los insectos (El poeta pide ayuda a la Virgen)*. Aus dem Vortrag über *Dichter in New York* geht hervor, daß Lorca das Gedicht zeitweilig in den Band aufnehmen wollte. Erhalten sind ein Ms. und ein Fragment der Fortsetzung (Antwort der Jungfrau Maria). Textvorlage: EM, S. 191-192, dort allerdings irrtümlich unter dem Obertitel *Luna y panorama de los insectos.*

Tierra y luna / Erde und Mond: Erstdruck: *El tiempo presente*, 1 (Madrid, März 1935). Das Titelgedicht eines geplanten Gedichtzyklus, der nie endgültig Form annahm, nicht zuletzt deshalb, weil ein großer Teil der für ihn vorgesehenen Gedichte schließlich in *Dichter in New York* einging. Nach der Datierung im Ms. gehört »Tierra y luna« zu den Vermont-Gedichten (vgl. die Anmerkung zu *Cielo vivo*). Textvorlage: MH, S. 213-217.

Pequeño poema infinito / Kleines unendliches Gedicht: Erstdruck in *Federico García Lorca: Cartas a sus amigos*, Barcelona: Cobalto 1950. Das Gedicht ist in New York entstanden, scheint aber nie Teil des Projekts *Poeta en Nueva York* gewesen zu sein. Dagegen erscheint es auf einer Liste für den zeitweilig geplanten Gedichtband *Tierra y luna*. Textvorlage: MH, S. 219, dort allerdings, wie ich meine irrtümlich, mit Stropheneinteilung.

Infancia y muerte / Kindheit und Tod: Erstdruck: *Federico García Lorca. Autógrafos*, Bd. 1, Oxford: Dolphin 1975, hrsg. v. R. Martínez Nadal. Ein eng mit den New Yorker Texten verbundenes, aber vom Autor verworfenes Gedicht (Martínez Nadal berichtet von der heftigen Reaktion Lorcas beim Anblick des Manuskripts). Umstritten ist die Transkription der Schlußverse 29-31. Textvorlage: MH, S. 221 f. Diese Transkription enthält eine Reihe von (Druck-)Fehlern, u. a. Auslassung von Vers 20.

[Ein Dichter in New York]: Textvorlage: MH, S. 245-266, dort unter dem Titel *Nueva York en un Poeta* (New York in einem Dichter).

Nachwort

1. Ein unruhiges Textbündel

Eine Indiskretion brachte das meistgesuchte Manuskript der spanischsprachigen Welt ans Licht. Nach jahrzehntelangen philologischen Fahndungen, die zwar eine Fülle von Hypothesen, aber keinen Fetzen Papier zutage gefördert hatten, als die Hoffnung auf einen Fund schon begraben war, ja ernsthafte Zweifel laut wurden, ob ein solches Manuskript jemals existiert habe – da tauchte 1997 in mexikanischem Privatbesitz das verschwundene Autorenexemplar von Federico García Lorcas *Dichter in New York* auf. Es sah aus, wie Druckvorlagen nur bei Lorca aussehen: ein buntes Bündel Gedichte, teils maschinengeschrieben, aber voller handschriftlicher Veränderungen, teils ganz in der hastigen Handschrift des Dichters, teils als Druckseite, die aus einer Zeitschrift ausgeschnitten und wiederum von Hand weiter bearbeitet worden war; dazu eine Reihe von Platzhaltern, die sich zum Beispiel so lesen: »Das Gedicht Nummer zwei dieser Abteilung ist das ›Lücken-Nocturne‹, das in *Caballo Verde* erschienen ist, das dritte hat Altolaguirre, und es heißt ›Landschaft mit zwei Gräbern und einem assyrischen Hund‹, das fünfte ist ein Gedicht namens ›Liebespaar von Rebhuhn ermordet‹, und es steht in einer Nummer der Valladolider Zeitschrift *Dos*. Man muß diese Zeitschrift suchen, denn ich habe das Original nicht mehr.«

Wozu die ganze Aufregung um ein seltsames Manuskript? Lorcas *Dichter in New York* war doch kein verschollenes oder verfemtes Buch. Der Band war in der Tat 1940 postum erschienen, und zwar gleich zweimal: eine Ausgabe (unter Federführung des Schriftstellers und Verlegers José Bergamín) im mexikanischen Verlag Séneca, der als Organ republikanischer Exilautoren gerade erst gegründet worden war, die andere, englisch-spanische, im New Yorker Verlag W.W. Norton. Der Text der beiden »Erstausgaben« war allerdings keineswegs identisch; beide wiederum unterschieden sich von den Fassungen einiger New Yorker Gedichte, die Lorca zu Lebzeiten in spanischen und lateinamerikanischen Zeitschriften verstreut hatte. Welche Fassung war nun die authentische, repräsentierte den letzten Willen, die echte Handschrift des im August 1936 ermordeten Autors? Es waren beileibe nicht nur philologische Skrupel, die die Aufregung um das Manuskript von *Dichter in New York* nährten. Dessen

Geschichte und die seines Autors sind eng verknüpft mit den geschichtlichen Verletzungen Spaniens in diesem Jahrhundert, mit Bürgerkrieg und Exil. Die Suche nach der wahren Gestalt des Bandes hatte durchaus rituelle Züge: Philologie als Trauerarbeit. Mit dem Fund von 1997 endet nun, wie es scheint, ein Stück spanische Nachkriegszeit.

Ein Großteil der Gedichte, die *Dichter in New York* ausmachen sollten, entstand im Jahr 1929/30 während eines New-York-Aufenthalts, an den sich ein Kuba-Besuch anschloß – im Studentenheim von Columbia University, in Hotels, auf Transatlantikdampfern. Lorca, ein Neurotiker der Druckerpresse wie nur jemals einer, zögerte die Veröffentlichung seiner neuen Lyrik lange heraus. Er zog es vor, sie in Spanien und Lateinamerika in Form einer kommentierten Lesung (die hier, S. 189 bis 199, erstmals in deutscher Sprache erscheint) vor eher kleinem Publikum zu erproben, gab von Zeit zu Zeit ein Gedicht zur Veröffentlichung an eine der Avantgardezeitschriften, die überall im Land aus dem Boden schossen, blühten und bald wieder welkten, und verschenkte im übrigen freigebig seine Manuskripte. Einzelne Texte wurden immer wieder umgeschrieben, Buchprojekte dauernd revidiert und in zahlreichen Interviews mehr oder minder pompös angekündigt. In den Jahren 1930 bis 1935 geisterten unter anderem die Titel *Erde und Mond*, *Gedichte für die Toten*, *Einführung in den Tod* und *Dichter in New York* durch die Presse – es ist unübersehbar, daß Lorca eine Zeitlang und für einen Teil der Gedichte an eine Art lyrischen Totenritus dachte.

Bis Ende 1935 hatte sich schließlich *ein* Buchprojekt herauskristallisiert, die verfügbaren Manuskripte waren ins reine getippt, und der Autor begann mit der Suche nach verlorenen oder verschenkten Entwürfen, die ebenfalls in den Band eingehen sollten. Vereinbart war die Veröffentlichung im Madrider Verlag Cruz y Raya, die Herstellung sollte der Dichter Manuel Altolaguirre übernehmen, der zusammen mit seiner Frau Concha Méndez eine Druckwerkstatt betrieb, in der legendär gewordene Bücher und Zeitschriften wie *Héroe* und *Caballo verde para la poesía* produziert wurden. Irgendwann im Frühjahr 1936 hinterlegte Lorca im Büro von José Bergamín, dem Leiter von Cruz y Raya, ein Konvolut namens *Poeta en Nueva York*. Es war kein vollständiges, geschweige denn ein druckfertiges Manuskript, die endgültige Gestalt des Buches hätte man, wie es Lorcas Gewohnheit war, erst im Laufe der Herstellung fixiert. Dazu sollte es nicht mehr kommen. Mitte Juli ging der Autor nach Granada, wurde dort vom Putsch der Generäle überrascht und fiel dem zum

Opfer, was man diskret »Repressalien« zu nennen pflegt. Der Bürgerkrieg hatte begonnen. Lorcas Manuskript aber blieb im Büro von Cruz y Raya liegen.

Bergamín entfaltete, zunächst als Präsident der »Alianza de Intelectuales Antifascistas en Defensa de la Cultura«, später, nach der Niederlage, in der »Junta de Cultura Española«, eine frenetische politische Aktivität, die ihn zunächst mit der republikanischen Regierung nach Valencia, später nach Paris und schließlich ins mexikanische Exil führen sollte. Die Front rückte in den ersten Kriegsmonaten rasch auf Madrid vor, und Anfang November 1936 standen Francos Truppen in den Vororten Madrids. Die Stadt lag unter Artilleriefeuer und wurde bombardiert. Bergamín, der häufig in die von der Regierung verlassene Hauptstadt reiste, nahm Lorcas Manuskript schließlich mit nach Paris – alle Papiere des ermordeten Dichters schienen zu diesem Zeitpunkt von hohem propagandistischem Wert. Beinahe hätte das Buch als *Poète à New York* in Paris das Licht der Welt erblickt, die Pläne, für die sich unter anderem Paul Eluard stark machte, scheinen weit fortgeschritten gewesen zu sein. Ob das Projekt, wie Eluard meinte, an gewissen »Angriffen gegen den Papst« (eine Anspielung auf das Gedicht »Schrei Richtung Rom«) oder schlicht an der Niederlage der spanischen Republik scheiterte, wird man nie erfahren. Von *Poète à New York* erschien jedenfalls nichts als ein Artikel Bergamíns in der Zeitung *Vendredi* (8. 7. 1938) mit einer nahezu vollständigen französischen Version von »Schrei Richtung Rom«, die vermutlich von Eluard stammte.

Schon vor dem Gang ins mexikanische Exil hatte Bergamín Kontakt mit dem New Yorker Verleger Norton aufgenommen und ihm eine Abschrift des Lorca-Konvoluts zukommen lassen, das den ersten englischen Übersetzer Rolfe Humphries fast zur Verzweiflung brachte. In Mexiko und New York begann die Jagd nach den fehlenden, vom Autor angezeigten Gedichten; keine leichte Aufgabe, denn der Kreis um Lorca war in alle vier Winde verstreut, einige Freunde gefallen, andere im Exil, wieder andere unerreichbar in Franco-Spanien. Bergamín leistete Erstaunliches. Am Ende fehlten in seiner Ausgabe nur zwei Gedichte: *Kreuzigung*, das erst in den 50er Jahren wieder zum Vorschein kam, und das Prosagedicht *Liebespaar von Rebhuhn ermordet*, von dem ohnehin niemand glauben konnte, daß Lorca es in den Band hatte aufnehmen wollen. Nachdem die beiden »Erstausgaben« 1940 endlich erschienen waren, verschwand das Manuskript und blieb für ein halbes Jahrhundert unauffindbar, obwohl längst philologische Zweifel an der Gestalt von *Dichter in New York* laut geworden waren. Mit dem überraschenden Fund von 1997 sind diese Zweifel behoben – oder etwa nicht? Ein Blick auf das Manuskript zeigt auch, daß der *Dichter in New York*, so wie ihn Lorca aus der Hand gab, nicht endgültig fixiert war. Dazu kommt, daß diese Art Lyrik Kopisten und Setzer genauso überforderte wie die Herausgeber. So bleibt eine Reihe von Zweifeln – offene Stellen, an denen die Schriftspuren weiter in Bewegung sind und die Philologen weiterhin Gelegenheit haben, sich dem staubigen Eros der Manuskriptentzifferung hinzugeben. Ganz ist das unruhige Textbündel nicht zur Ruhe zu bringen; zu eng ist seine Überlieferungsgeschichte mit der spanischen Geschichte des 20. Jahrhunderts verflochten, als daß deren Spuren ganz aus dem Buch zu tilgen wären. Auch haben die Irrwege des Exils den Gedichten nicht immer nur geschadet. Die Entdeckung der richtigen, autorisierten Lesart im Manuskript kann manchmal enttäuschend sein: Die »Dynamitmähnen« des Gedichts *Schrei Richtung Rom*, eine metaphorische Explosion wie aus Picassos *Guernica*, entpuppten sich als »Dynamitmelonen« (*melenas* – *melones*), eine eher konventionelle Metapher für Granaten, die die Spanier im Bürgerkrieg *pepinos*, Gurken, nannten.

2. »Mein täglich wechselndes Gesicht«

Lorcas Vortrag »Ein Dichter in New York« entwirft das Bild eines erfahrenen Reisenden: weltläufig, urteilssicher, dabei genialisch. Einmal erscheint er als der originelle *sleepy boy*, hinter dem die Zimmermädchen hertuscheln, ein andermal als der große Mister Lorca, vor dem die Professoren zittern. Zwei Seiten weiter verfällt er in einen väterlichen Rassismus, dann wieder sind leise antisemitische Töne vernehmbar. Liest man seine New Yorker Briefe an die Eltern, so formt sich das Bild eines netten Studenten, der brav seine Englischkurse besucht und dessen höchster Ehrgeiz darin besteht, das vom Vater bewilligte Reisebudget nicht zu überschreiten. Durchsucht man die New Yorker Gedichte mit dem Blick des biographischen Kundschafters, so stößt man (je nach Bedürfnis) auf eine Prophetengestalt, die ihre Zeitgenossen so gewaltig überragt wie das Chrysler Building alteuropäische Traufhöhen und die ihre Stimme gegen die Ungerechtigkeiten der halben Welt erhebt, oder auf die blutige Maske und den dunklen Schrei der metaphysischen Obdachlosigkeit oder einfach auf ein depressives Individuum, das sich vor Menschenmassen ekelt und Kindheitserinnerungen kaut. Diese Gedichte scheuen sich nicht, »ich« zu sagen, ganz im Gegenteil; doch das Ich, das sie entwerfen, ist randlos, ungesichert. Eben noch bäumte es sich auf zur großen Pose, nun sinkt es zusammen in trauernder Innerlichkeit; es gestikuliert wie ein Erweckungsprediger, es schultert die Verbrechen der ganzen Zivilisation:

Nein, nein; ich klage an.
Ich klage die Verschwörung
dieser verwaisten Büros an,
die die Todeskämpfe nicht senden
und die Programme des Waldes aus dem Äther löschen,
und ich biete mich an als Futter für die zermalmten Kühe,
wenn ihre Schreie das Tal erfüllen,
wo der Hudson sich an Öl besäuft.
(*New York. Büro und Anklage*)

Dann wieder zeigt es sich, immer noch heroisch, aber schon in Auflösung begriffen: »Ich, ein Dichter ohne Arme, verirrt / in der Menge, die sich erbricht« (*Landschaft mit Menschenmenge, die sich erbricht*). Plötzlich schrumpft es, in grandioser Regression, auf ein bloßes Etwas zusammen:

Ich möchte weinen, wenn ich Lust drauf habe,
so wie die Kinder aus der letzten Bank,
denn ich bin kein Mann, kein Dichter und kein Blatt,
ich bin ein wunder Puls nur, der die Dinge im Gegensinn umkreist.
(*Doppelgedicht vom Lake Eden*)

Dann fällt es kannibalisch über die eigene Lebenszeit her:

Auf der Suche nach meiner Kindheit, mein Gott!
aß ich faule Orangen, alte Zettel, leere Taubenschläge
und fand nichts als meinen kleinen, rattenzerfressenen Körper
auf dem Grund der Zisterne, umrahmt von den Mähnen der Irren.
(*Kindheit und Tod*)

Und schließlich verläuft es sich, »stolpernd über mein täglich wechselndes Gesicht«, im eigenen Maskenspiel (*Vom Spaziergang zurück*). *Dichter in New York* ist gewiß eine lyrische Maskerade, doch als freies Spiel mit der Vielfalt der Identitäten wird man den Band nicht lesen können. In Lorcas New York wird aus einem Karneval schnell ein *Totentanz*, wie im gleichnamigen Gedicht nachzulesen. Die Masken kleben schmerzhaft am Gesicht, und das Schwanken zwischen grandiosen und verstörten Posen ist nur eine andere Gestalt jener Auflösungsangst, die sich auch in den zahllosen Bildern des Körperverlusts, den »Lücken«, die Lorcas New York bevölkern, niedergeschlagen hat.
Man sollte meinen, daß Lorcas Umgang mit dem Wörtchen »ich« die biographischen Fahnder unter seinen Lesern entmutigt hätte. Das Gegenteil ist der Fall. Die angebliche »Dunkelheit« dieser Gedichte und die Identitätsschwankung, die sie in Szene setzen, erhöhen nur die Lust daran, sie gleichsam erkennungsdienstlich zu behandeln, auf der Suche nach dem wahren Profil des Dichters in New York. Der Autor hat diesem Mißverständnis selbst Vorschub geleistet, indem er sein beunruhigendes Textbündel nach dem Schema eines lyrischen Reiseberichts überformte: durch die Kapiteleinteilung des Bandes, die einen autobiographischen Verlauf suggeriert; durch den ursprünglichen Plan, die Gedichte mit Photographien zu garnieren – was aus dem Text eine Art Diavortrag mit Urlaubsphotos gemacht hätte; aber auch durch den Titel *Dichter in New York*, der ein Subjekt und ein Objekt zum Klischee des Reiseerlebnisses zusammensetzt, während die Sprache der Gedichte gerade von der Auflösung der Pole »Subjekt« und »Objekt« bedroht oder fasziniert ist. Diese Bearbeitung will jene Erzählung wiederherstellen, deren Zerfall die Gedichte verzeichnen. Unter deren Oberfläche jedoch findet eine ganz andere Reise statt, in deren Verlauf sich die Chronologie auflöst und weder vom *Dichter* noch von *New York* viel übrigbleibt. Auf diese Reise paßte, eher als der schließlich gewählte Titel, ein früher vom Autor erwogener: *Introducción a la muerte*, Einführung in den Tod.
Lorcas Talent zur Selbstverharmlosung zeigt sich glänzend in der kommentierten Lesung, mit der er die unveröffentlichten Gedichte dem Publikum nahezubringen suchte. Auch sie überformt einen lyrischen Exzeß, der seinen Lesern eigentümliche Angst- und Trauerriten zumutet, nach dem beruhigenden Modell einer Bildungsreise ins Dickicht der Großstadt: »Dichter in New York – New York in einem Dichter«. Ginge es darum, was läge dann näher, als persönliche Zeugnisse, vor allem Briefe, zur Erklärung der Gedichte heranzu-

ziehen? Lorcas New Yorker Briefe allerdings sind eine Fundgrube zeitgenössischer Ideologie. So schreibt er an seine Eltern nach dem Besuch eines protestantischen Gottesdienstes:

> Jetzt erst verstehe ich das inbrünstige, in der ganzen Welt einmalige Schauspiel einer spanischen Messe. Die zeremonielle Langsamkeit, die Erhabenheit, den Altarschmuck, die innige Anbetung des Sakraments, der Marienkult sind in Spanien ganz und gar persönlich und von enormer Schönheit und Poesie. Hier, beim Anblick der protestantischen Kirchen, verstehe ich auch den rassischen Beweggrund des großen spanischen Kampfes gegen den Protestantismus und der so überaus spanischen Haltung des großen Königs Philipp II., dem die Geschichtsschreibung Unrecht tut.

Der Brief (vom 14. Juli 1929) vermittelt einen Eindruck von der Verschleierung einer Erfahrung, die in den Gedichten in ganz anderem Licht erscheint. Eine Krise, die Lorcas New Yorker Lyrik durchaus selbst austrägt, der Zerfall einer rituellen Ordnung, wird in diesem Brief durch ein traditionelles spanisches Geschichtsklischee unkenntlich gemacht: den »welthistorischen Konflikt« zwischen Katholizismus und Protestantismus – hier in zeitübliche rassistische Begriffe gebracht. Das Klischee erlaubt es, die Erfahrung, von der die Gedichte sprechen, auf die fremde, protestantische Kultur zu projizieren. Das schlägt nebenbei ins Reaktionäre aus, gerät unter der Hand zu einer Rechtfertigung der aggressiven Religionspolitik Philipps des Zweiten. Was die Briefstelle nicht ahnen läßt, ist die Tatsache, daß *Dichter in New York* gerade vom Verlust jener rituellen Ordnung handelt, die hier als unverlierbares Nationaleigentum reklamiert wird; daß eine der Stimmen, die in Lorcas New York laut wird, die der Bibelparodie ist; daß dieser parodistische Ton in einzelnen Gedichten, wie *Christi Geburt* oder *Kreuzigung*, eine schrill blasphemische Intensität erreicht – einer der letzten europäischen Versuche, eine blasphemische Liturgie zu schreiben, um so noch einmal, im Umsturz, religiöses Gefühl zu erzwingen.

Lorcas Selbststilisierung zum Kritiker amerikanischer Verhältnisse ist nur die äußerste Schicht, die seine Gedichte vor den Lesern, aber auch die Leser vor den Gedichten schützt. Trägt man sie ab, stößt man auf eine zweite: Zur rhetorischen Panzerung der New Yorker Lyrik gehört eine Reihe begrifflicher

Schablonen aus dem Arsenal des polarisierenden Denkens. Ins Auge springt etwa der positive Rassismus der Gedichte über »die Schwarzen«. Neben diese gutgemeinte Schwarzweißmalerei treten andere Gegensätze: Unschuld und Verdorbenheit, Natur und Zivilisation, Wurzel und Entwurzelung, Katholizismus und Protestantismus, Sakrament und Geld, Jungfräulichkeit und Prostitution, Reinheit und Infektion, Männlichkeit und Effeminiertheit etc. Von Zeit zu Zeit droht ein Gedicht unter dieser Apparatur allzu einfacher Gegensätze zusammenzubrechen. Doch es ist vielleicht Lorcas erstaunlichstes Talent, aus diesem sperrigsten aller Materialien, den Klischees zeitgenössischer Zivilisationskritik, lyrische Reize zu ziehen. Heutigen Lesern wird es kaum noch gelingen, die Schwächen der ideologischen Oberfläche auszublenden, doch die Lyrik verschwindet nicht darunter; sie glänzt auch nicht unberührt darunter hervor, sondern reagiert mit der Feuilletonrhetorik auf unvorhersehbare Weise und entbindet dabei schrille Harmonien.

In den Gedichten werden Stimmen laut, die anderes sagen als Briefe und biographische Zeugnisse, anderes auch, als der ideologische Apparat der Texte vermuten läßt. Sie sind zumeist mit gängigen Erwartungen an »Großstadtlyrik« schlecht vereinbar, und man hat häufig den Eindruck, daß sie sich hinter dem Rücken des Autors Gehör verschaffen. Diese Stimmen bezeugen eine bohrende Arbeit an Kindheitserinnerungen, den dauernden Umgang mit Zwangsvorstellungen wie Kindstod und Krebsleiden, den zähen, vom Selbsthaß gezeichneten Kampf um Anerkennung und Darstellung der eigenen Homosexualität und schließlich die Suche nach rituellen Ausdrucksformen für eine übermächtige, allgegenwärtige Trauer. Diese letzte Stimme, die der Trauer, gibt den Grundton der New Yorker Lyrik; ihr gelingt es nach und nach, die Stadtkulisse allegorisch zu verwandeln. Auf solche Stimmen reagierten die ersten Leser, reagierte der Autor selbst mit Widerstand.

Es gehört zum Schicksal des *Dichters in New York*, daß seine ersten Herausgeber die postume Stimme, die sie da vernehmbar machten, selbst eher ungern hörten. Sowohl Bergamíns als auch Humphries' knappe Randbemerkungen zu ihren Ausgaben distanzieren sich von einem unangenehmen Vermächtnis. Für Bergamín ist das Buch »eine Wolke, die über das tiefe und klare Fühlen und Denken unseres Dichters hinwegzieht«, »eine merkwürdige Parenthese aus Schatten«; für den Übersetzer Humphries sind die Gedichte »extrem subjektive, surrealistische Sachen«, die er anderswo »ziemlich hysterisch« findet. Es ist lange Zeit üblich gewesen, Lorcas New Yorker Lyrik »surrealistisch«

(und das soll dann meist heißen: »erfahrungslos«) zu nennen und sich damit eben ihren Erfahrungsgehalt vom Leib zu halten. Gravierender ist, daß der Autor offenbar das gleiche Bedürfnis hatte: Die kommentierte Lesung etwa scheint stellenweise eher eine Abwehr als nur eine Vereinfachung dessen, was die Gedichte sagen. Manches wurde auch einfach unterdrückt. Lorcas Freund Martínez Nadal berichtet, wie der Dichter beim Anblick eines Blattes namens *Kindheit und Tod*, das er ihm aus New York geschickt und dann geflissentlich vergessen hatte, sichtlich zusammenzuckte: *Kindheit und Tod*, eine Art unzensierter Doppelgänger des Gedichts *1910 (Zwischenspiel)*, blieb aus dem Gedichtband ausgeschlossen und verschwand bis 1975 in Martínez Nadals Schublade. Solche Reaktionen lassen ahnen, was vom Leser der New Yorker Gedichte verlangt wird. Sie zu lesen bedeutet unter anderem, sie gegen ihren Autor zu verteidigen.

3. Die allegorische Fauna der Stadt

Ist *Dichter in New York* ein Buch über New York? Selbst das könnte ein Mißverständnis sein. Lorcas Stadtplan enthält eine Reihe von Koordinaten, die die Orientierung im rechtwinkligen Straßennetz Manhattans nicht unbedingt erleichtern – allegorische Koordinaten. Folgt man ihnen, so kann es geschehen, daß man auf einen anderen, korrespondierenden Schauplatz gelangt, der nun allerdings auf dem Stadtplan nicht mehr zu finden ist. Lorcas New York ist ein Ballungsraum einander überlagernder Bedeutungen, seine »Panoramen« und »Landschaften« sind keine Postkarten, sondern Eindrücke eines befremdenden Blicks. Brooklyn Bridge zum Beispiel verbindet keineswegs Manhattan und Brooklyn, sondern die Welt der Lebenden und die der Toten. Und Lorcas Brooklyn-Bridge-Nachtstück namens *Schlaflose Stadt* handelt weniger von den Wundern freischwebender Stahlarchitektur oder der Erhabenheit städtischer Verkehrsströme als vielmehr von gewissen Störungen am Übergang von der einen Welt zur anderen: Die Toten finden ihn erst gar nicht, oder sie kommen zurück. Weil sie keine Ruhe finden, lassen sie den Lebenden keine Ruhe. Das ist die Art »Schlaflosigkeit«, die das Gedicht heimsucht, und sie ist nur indirekt – eben allegorisch – mit dem Eindruck der hellerleuchteten nächtlichen Skyline Manhattans verknüpft, die die Nacht zum Tag macht. Der alte *Jüdische Friedhof* auf der Lower East Side findet sich zwar auf jedem Stadtplan, doch er ist zugleich ein Hafen, und den Bestimmungsort der Schiffe, die dort ablegen sollen, hat noch keine Kartographie erfaßt. Coney Island ist ein Vergnügungspark, sicher, der aber wird bei Lorca zur *Landschaft mit Menschenmenge, die sich erbricht*, und diese Landschaft ist eigentlich ein »Wald des Erbrechens«, ein einziger klaffender Riesenkörper, der sein Innerstes nach außen stülpt – wobei nicht allein der Mageninhalt zu Tage kommt. Vertraute New Yorker Ortsnamen findet man vor allem in Lorcas Titeln. Mit ihnen sind die Gedichte, die von starken Strömungen auf andere Schauplätze zugetrieben werden, in der New Yorker Stadtlandschaft verankert; aber die Namen sind doch nur Notanker. Lorcas Buch macht aus jenen anderen Schauplätzen, die seine Gedichte anziehen, kein Geheimnis. Es sind die phantastischen Szenerien des Begehrens und der Trauer; eines mit sich selbst zerfallenen homosexuellen Begehrens und einer Trauer, die in Angst umschlägt.

Der allegorische Blick dient in diesen Gedichten als Waffe. Er hält die städtische Wirklichkeit auf Distanz, indem er sie nötigt, als Zeichen für eine andere, psychische Wirklichkeit einzustehen. Der allegorische Blick ist aber auch ein dichterisches Werkzeug. Ohne ihn müßte Lorca an der formalen Aufgabe scheitern, die er sich in der New Yorker Lyrik – und nur dort – stellt: die Organisation großer hymnischer Gedichte in freien Versen. Allegorische Figuren stiften Zusammenhang, binden die großen Gedichte, die ohne sie Gefahr liefen, in eine Wolke metaphorischer Splitter zu zerspringen. Manche dieser Figuren bestimmen das Gesicht des ganzen Buches. Eine von ihnen ist die Analogie zwischen Großstadt und Totenstadt, Metropole und Nekropole. Manhattan erscheint als tausendfenstriges »Kolumbarium«; gemeint ist kein Taubenschlag (obwohl die Tauben und die Toten in Lorcas New York nie weit voneinander nisten), sondern ein Nischenfriedhof, wie man ihn in Südeuropa findet, nur eben ins Monströse gesteigert. Die Quartiere der Stadt sind Friedhöfe, »Landschaften voller Gräber«, das Meer, an dem sie liegt, ist der Schauplatz einer archaischen rituellen Veranstaltung, der Jenseitsreise. Der Dichter in New York bewegt sich in einem Raum, den die Toten ständig mitbevölkern. Eine ihrer Erscheinungsformen ist die großstädtische Masse – jedenfalls sind beide kaum zu unterscheiden: Die Toten treten *en masse* auf, und jede Menschenmenge wirkt wie eine Heimsuchung. Dies ist nicht die einzige Gestalt, in der sie erscheinen – Totentanz wird, etwa im *Kleinen Wiener Walzer*, auch als Paartanz angeboten –, aber doch eine charakteristische. Die Toten durchschwärmen Lorcas New York in mancherlei Gestalt: Leerformen wie die allgegenwärtigen »Lücken«, gespenstisch belebte Kleidungsstücke, körperlose Stimmen oder Vogelschwärme (»die zarten Luftgeschöpfe«, »die Vögel mit Asche im Gefieder«). Sie treten auch in beschönigenden Umschreibungen auf, etwa als »die Statuen« oder »die Schlafenden«. Letzteres ist der älteste, biblische Euphemismus für die Verstorbenen, bekannt aus langer liturgischer Tradition (*requiem aeternam dona eis, Domine . . .*). Wo bei Lorca von Schlaf und vor allem von Schlaflosigkeit die Rede ist, da geht es weniger um eine weitverbreitete Stadtneurose als um deren allegorisches Gegenstück, die Ruhelosigkeit der Toten. Darum spielt auch die New Yorker Lyrik mit der Gattung des Schlaflieds – am deutlichsten in *Schlaflose Stadt*, einem horrenden Wiegenlied für Tote, das zugleich ein Weckruf für Lebende sein will.

Allegorischer Herkunft sind auch die dämonischen Überfiguren, die durch Lorcas Manhattan toben. Manche von ihnen wirken wie Kinderschrecke oder Vorläufer von Hollywoods Monsterphantasien. Da sind wildgewordene Objekte wie die »Maske« aus dem *Totentanz*, weibliche Figuren wie die *Morgenröte*, die stöhnend über die Stadt kommt, oder die »fette Frau«, die als Verkörperung des Ekels einen orgiastischen Tanz des Erbrechens anführt (*Landschaft mit Menschenmenge, die sich erbricht*). Da ist aber auch die Galerie der New Yorker Patriarchen: der Jude, der Papst, Walt Whitman und ein König. Was wäre unamerikanischer als ein König? Lorca jedoch braucht einen, und er findet ihn – in Gestalt des *Königs von Harlem*.

Dieser seltsame Herrscher ist zunächst die Verkörperung der guten, der schwarzen Seite des Rassenkonflikts – der richtigen Seite der Brücke (auf Lorcas lyrischem Stadtplan liegt Harlem jenseits des Flusses). Dort thront er wie Max Ernsts Totemkönig und trägt wie dieser schwer an den Phantasien des (weißen) Primitivismus: Er ist im Bunde mit dem pflanzlich Wuchernden, dem Exotischen und Entfesselten. Doch im Primitivismus erschöpft sich Lorcas Allegorie nicht. Seine Figur ist zu ambivalent, um in dem ihr vorgezeichneten Schwarzweißschema aufzugehen. Der König, der mit seinem »harten, harten Löffel« die Hintern der Affen als Perkussionsinstrumente mißbraucht, ist auch ein sadistischer Dämon der analen Zone, eine Art schwarzer Ubu. Sein majestätischer Löffel und mehr noch die »unendliche Schönheit / der Wedel, Reiben, Kupferpfannen und der Kasserollen in den Küchen«, zwischen denen er thront, weisen auf eine weitere Rolle: Er ist der Küchenkönig der Kinderfolklore und sein Gedicht die ihm gemäße Litanei der Mundphantasien, des Essens und Trinkens, der Kellner und Köche, der Zungen, des

»Lungendufts« und der verschiedenen Körpersäfte. Das Sadistische und die Kinderlust an den organischen Flüssen vereinigen sich in der Mitte des Gedichts zur großen Überflutungsphantasie, zum Blutbad, in dem das Körperinnere nach außen tritt. Das Körperinnere steht aber auch für das Erdinnere. Mit diesem verbindet den König von Harlem eine weitere Rolle, die des Totenherrschers oder zumindest des Pförtners zum Jenseits. Er ist mit Fäulnis, Pilzen, Nacht, Sonnenfinsternis und dem Bereich des Unterirdischen im Bunde. Spätestens an diesem Punkt ist die schwarze Hautfarbe gänzlich allegorisch geworden.

Zu guter Letzt erhält der zwiespältige Patriarch auch noch biblische Weihen: Er ist der »Moses« der Schwarzen, der sie aus der ägyptischen Gefangenschaft in die Heimat zurückführen soll – ein altes *Spiritual*-Motiv (»Go down, Moses«). Wie Moses wird er das Gelobte Land nicht selbst betreten, sondern umkommen, bevor er den Fluß überschritten hat – »kurz bevor er das Schilf des Himmels erreicht«. Damit ist der identifikatorische Drang des Gedichts auf die Spitze getrieben; denn wenn es in Lorcas New York einen vom Tod bedrohten Propheten gibt, dann ist es der Dichter selbst. Mit der biblischen Wendung ist schließlich auch die flache Lektüre des Gedichts, die »Schwarz und Weiß« als »Natur und Zivilisation« in plumpem Gegensatz gegenüberstellt, unmöglich geworden.*

Auch der Ort, wo die Stimme des Gedichts herkommt, fügt sich nicht in diesen Gegensatz. *Der König von Harlem* ist ein Gedicht ohne Ich. Wer hier spricht, spricht aus einem unbestimmten Zwischenraum, in dem es nur unpersönliche Notwendigkeiten gibt (»man muß die Brücken überqueren . . .«); von dort beobachtet er den Gegensatz zwischen Schwarz und Weiß. Das Gedicht versteckt die Herkunft seiner eigenen Stimme. Der Grund liegt auf der Hand: Hier haben Personalpronomen Farben. Das Ich muß verborgen blei-

* Der Moses-Vers (110) enthält ein textkritisches Problem: Moderne Ausgaben haben hier meist die Worte *unsern Moses*, die auch im wiedergefundenen Manuskript stehen. Die einzige Ausgabe des Gedichts zu Lebzeiten des Autors hat dagegen *euern Moses*. Ein minimaler graphischer Unterschied (spanisch: *nuestro – vuestro*), bei dem es aber ums Ganze geht, nämlich um die identifikatorische Anlage des *Königs von Harlem*. Die Lesart *euern Moses* ist die einzig plausible; nichts in dem Gedicht stützt die Vorstellung eines Propheten, den es, aus der Perspektive der Weißen, den »unseren« nennen könnte. Dies ist schon durch die Redesituation ausgeschlossen; es gibt hier kein »Wir«, schon gar kein weißes, dem sich ein sprechendes Ich zurechnen würde.

ben; zeigte es sich, so erschiene es weiß. Es müßte dann aufgehen in einem weißen »Wir«. Dieses Wir aber wäre unerträglich, darum werden die Weißen in der Distanz der dritten Person gehalten. Sie sind als Gruppe nicht ansprechbar, sie haben ja nicht einmal einen König. Das Du hingegen ist im *König von Harlem* ein tiefschwarzes Pronomen. Das unsichtbare Ich, das die Schwarzen aus dem Niemandsland anspricht, will, sofern es nicht identifikatorisch im König selbst wieder erscheint, in dieser emphatischen Anrede ganz aufgehen. Sie ist es, die den Rhythmus seiner Rede bestimmt und sie im Finale ganz verschlingt. Dieses Spiel der Pronomen, das weiß siezt und schwarz duzt, drückt die ganze Identitätsnot des *Dichters in New York* aus.

4. Freie und unfreie Verse

In Lorcas New York fehlt die Freiheitsstatue. Für sie, die die transatlantische Mischung von Gigantismus und bürgerlichem Freiheitspathos so gut verkörpert, war in seinem amerikanischen Alptraum offenbar kein Platz. Ein anderes, zu seiner Zeit kaum weniger berühmtes Symbol für diese Mischung, die man auch das amerikanische Erhabene genannt hat, sind die freien Verse Walt Whitmans. Für sie zumindest scheint Raum zu sein in Lorcas New York, immerhin gipfelt der Band in einer für seine Verhältnisse gigantischen *Ode an Walt Whitman*, einer lyrischen Kolossalstatue. Verbirgt sich in ihr Lorcas Verbeugung vor dem amerikanischen Erhabenen, für das er, wenn es ihm architektonisch, wirtschaftlich oder politisch entgegentritt, nur harsche Worte hat? Setzt sich Lorca der dichterischen Autorität Whitmans aus wie so viele seiner Zeitgenossen, vor allem in Lateinamerika, darunter auch sein Freund Pablo Neruda, der später versuchen sollte, mit seinem *Canto general* eine Art lateinischer Gegen-Whitman zu werden? – Oder ist der Name Whitman in Lorcas Ode ausschließlich politisches Signal, Gruppenlosung, Machtwort zur Stärkung einer bedrohten Identität, der des homosexuellen Dichters nämlich? Dafür spricht zunächst die für Lorcas Verhältnisse geradezu revolutionär offene Rede über homosexuelles Begehren in der *Ode an Whitman*. Dafür spricht die Vergötterung des Adressaten, die sich kühn über alle Kitschgrenzen hinwegsetzt (»deine apollinisch reinen Schenkel« etc.). Dafür spricht schließlich die Erstpublikation der Ode (1933 in Mexiko) als Broschüre in einer winzigen Auflage von 50 Exemplaren: ein Gruppenereignis.

Ist das alles? Gewiß wirkt Lorcas Whitman zunächst als Gruppenemblem, als Ikone zum persönlichen Gebrauch. Wie steht es aber mit der anderen, der poetischen Seite? Findet in den New Yorker Gedichten denn keine Begegnung mit der dichterischen *Form* namens Walt Whitman statt? Eine solche Begegnung, das muß man heute, da Whitmans Stern überall außerhalb der USA gesunken ist, hinzufügen, wäre ein langerwartetes Ereignis gewesen: Lorca hätte endlich die literarische Auseinandersetzung mit dem Faszinosum USA geführt, auf die die spanischsprachige Welt seit 1898 zuzutreiben schien. In jenem Jahr nämlich wurde in Spanien eine militärische Niederlage gegen die Vereinigten Staaten zur kulturgeschichtlichen Wende erklärt, zum Symbol dafür, daß das Land den Anschluß an die Moderne verpaßt hatte. Der Literatur der Jahrhundertwende aber galten Whitmans *Leaves of Grass* nicht nur als Inbegriff eines spezifisch amerikanischen Tons in der Lyrik, sondern als literarisches Schaustück der »Modernität« Amerikas schlechthin. Gegenstand der Faszination war vor allem der von Reim und regelmäßiger Metrik befreite Vers, der einer hymnischen, in scheinbar endlose Weiten ausgreifenden Subjektdichtung Raum gibt. Whitman selbst stilisierte seine Neuerungen zur wahren amerikanischen Poetik, die »alteuropäische« Traditionslasten von sich wirft. Unter Lorcas literarischen Vorbildern war die mehrdeutige Zuneigung zu Whitman eine ebenso feste Größe wie die unzweideutige Abneigung gegen die USA als Hegemonialmacht. Charakteristisch für diesen hispanischen Whitman-Effekt ist etwa der Nikaraguaner Rubén Darío, der eine schwärmerische Hommage an den Nordamerikaner verfaßte – in Sonettform! Es ist fraglich, ob der selbsternannte Titan der freien Poetik für die formale Ironie dieser Huldigung empfänglich war.

Als Lorca 1929 nach New York ging, mußte ihn der freie Vers brennend interessieren. Er war auf der Flucht, nicht nur, wie man meist liest, vor Liebeskummer, sondern auch vor dem Erfolg. Der Erfolg, das war der 1928 erschienene *Romancero Gitano*, der ihm schneidende Kritik von Freunden eingetragen hatte. Stein des Anstoßes (und zugleich Erfolgsrezept) war der Romanzenvers, Inbegriff des lyrischen Traditionalismus in Spanien. Dies war denn auch der (nicht immer ausgesprochene) Tenor der Kritik: preziös, provinziell, kitschig. Lorca saß mit seinem überaus populären *Romancero* auf einem nicht eben vertrauenerweckend frischen Ast der spanischen Poetik. Die nun folgende Experimentalphase stellt seinen Versuch dar, sich vom eigenen Erfolg abzusetzen. Lorca versucht einerseits, sich modern zu schreiben, und andererseits, zur großen Form durchzustoßen, sich das Erhabene anzueignen. Den Drang zur Avantgarde erkennt man in den surrealistischen Prosaszenen, die in dieser Zeit entstehen (eine von ihnen, *Liebespaar von Rebhuhn ermordet*, hat sich in den New Yorker Band verirrt), den Drang zum Erhabenen in den Oden, an denen er gleichzeitig arbeitet – rasch wieder aufgegebene Versuche, die große Form auf klassizistischem Wege zu erreichen, nämlich in strengen Alexandrinerversen. Das Modell Whitman, so scheint es, versprach Lorca einen Ausweg aus seinem Dilemma, ja die Chance, beide Tendenzen zusammenzuführen: große Hymnik in freien Versen, formal innovativ, dabei jederzeit durchdrungen von einem herrischen Anspruch auf den erhabenen Ton, der sich gerade im freien Vers niederschlägt; in jenen »wogenden« Whitmanschen Rhythmen, die im übrigen einen sehr alten Typ des Rhythmisch-Erhabenen neu schreiben (die antike Rhetorik unterscheidet die »homerische« Erhabenheit fließender, wogender Rhythmen von der »pindarischen« Erhabenheit des abrupten, gewaltsamen Duktus, der auch als »harte Fügung« bekannt ist).

Ist *Dichter in New York* also ein Versuch, Whitman zu hispanisieren? Ein transatlantisches Buch? Lorcas Durchbruch zum Lyrisch-Erhabenen? Zuvor wäre zu fragen, wie frei die New Yorker Verse eigentlich sind. *Dichter in New York* bildet, gegen Lorcas Gewohnheit, keine einheitliche Sammlung von Gedichten einer Gattung, sondern ein poetisches Experimentierfeld, auf dem man sich leicht verirren kann: Neben langen hymnischen Gebilden finden sich kurze lyrische, aber auch szenische Splitter; ein Prosagedicht, zwei »Walzer«, eine Elegie in strengen, klassischen Elfsilblern (*Deine Kindheit in Menton*), Alexandrinerstrophen (*Christi Geburt*), die Halbreime der spanischen Romanze sowie zwei rituelle Wechselgesänge mit einem drängenden, »chorischen« Refrain (*Die kleine Ertrunkene* und *Son*). Refrains und andere Wiederholungen verraten den Einfluß liturgischer und populärer Traditionen, namentlich den der Kinderfolklore, die Lorca so liebte: *Dichter in New York* enthält einen Reigen, der zugleich Auszählreim ist, mindestens ein Schlaflied, ein Reimspiel (*Walzer in den Zweigen*) und ein Fortsetzungsspiel (*Tod*). Ein beeindruckendes Sammelsurium von Formen, das dennoch Lorcas Hauptanliegen nicht verdeckt: Er wollte einen Zyklus von langen Gedichten; keine Oden, sondern Gedichte in freien Versen – obwohl zwei von ihnen noch klassizistisch »Oden« heißen und obwohl in seinen Versen auf Schritt und Tritt die Echos traditioneller, gebundener Formen zu hören sind. Der häufigste dieser

Nachklänge ist der etwas zeremonielle Alexandriner, der Vers Baudelaires und Rubén Daríos. Ausgerechnet die *Ode an Walt Whitman* wird vom Alexandriner eingeholt: Er sucht sie heim wie ein rhythmisches Gespenst.
Den New Yorker Gedichten fällt es offenbar nicht leicht, sich den unfreien Versen zu entwinden. Das liegt zunächst daran, daß die lyrische Tradition, in der Lorca steht, den Übergang zu Whitman außerordentlich schwermacht. Ihre Bibel sind Baudelaires *Fleurs du Mal*, nicht die *Leaves of Grass*. Die beiden Mitte des 19. Jahrhunderts fast gleichzeitig erschienenen Gedichtbände, zwei grundverschiedene Antworten auf die Romantik, begründen zwei Entwicklungslinien moderner Lyrik, die einander ausschließen. Punkt für Punkt stehen sich die Zeitgenossen Whitman und Baudelaire als Antipoden gegenüber, Zug um Zug bilden ihre jeweiligen lyrischen Masken einen scharfen Kontrast. Fast scheint es, als ergäben sie zusammen ein Ganzes: das zerrissene Psychogramm eines zerrissenen Jahrhunderts. Wo Whitmans einziger Gegenstand, ein gewisser Walt Whitman (»Walt Whitman, a kosmos, of Manhattan the son, turbulent, fleshy, sensual, eating, drinking and breeding . . .«), sich manisch mit der ganzen Welt identifiziert, kriecht Baudelaires lyrisches Ich melancholisch in sich zurück, wo »Whitman« die Dinge unermüdlich in ihrem Sosein feiert, arbeitet »Baudelaire« verbissen an ihrer allegorischen Entleerung und Umwertung. Wo Whitmans grandioser Selbstgenuß ihn nötigt, als Zertrümmerer traditioneller Formen aufzutreten, weil der autoerotische Sprachstrom in seinem freien Lauf nur die ihm gemäße Form rhythmischen Flutens ertragen kann, neigt Baudelaires an sich selbst leidende Subjektivität ebenso notwendig zur strengen Form, zur rettenden Objektivierung. Wo jener wissen läßt: »to elaborate is no avail« und verkündet: »the words of my book nothing, the drift of it everything . . .«, da stiftet dieser die artistische, formverliebte Linie moderner Lyrik, die hartnäckig behauptet, ein Gedicht werde aus Worten gemacht.
In Gestalt zweier Formprinzipien stehen sich hier zwei Entwürfe von Subjektivität gegenüber. Lorca, dessen wenige englische Brocken nicht ausreichten, Whitman im Original zu lesen, war durch die Sprachbarriere gegen dessen lyrischen Sog durchaus nicht abgeschirmt. »The words of my book nothing, the drift of it everything«: Whitmans Drift, sein rhythmischer Herrschaftsanspruch, hält sich offenbar an den Grenzen der Worte und damit an den Sprachgrenzen nicht auf. Wenn Lorca sich mit Whitmans Vers befaßt, laboriert er zugleich an einem Selbstentwurf, der ihn ebenso fasziniert wie abstößt.

Gegenstand dieser gemischten Gefühle ist das erhabene Subjekt, das sich zum Inbegriff des protestantischen Nordamerika stilisiert: ein maßloses, amöbenhaft alles vereinnahmendes Subjekt (»agonies are one of my changes of garments« heißt es in *Song of Myself*), ein solipsistisches und zugleich mit allem und jedem erotisch kommunizierendes Etwas, das sich selbst Gott ist. Lorca vermag diesem triumphalen Subjektivismus nicht zu folgen, auch wenn er einzelne Whitman-Posen zitiert, etwa die des Propheten, der allerdings in seiner Version nicht die goldene Zukunft Amerikas, sondern dessen Untergang predigt. Lorcas Dilemma liegt darin, daß er, bei aller Abneigung, den Whitmanschen Sirenengesang vom unsterblichen, allumfassenden Ich nicht einfach überhören kann. Schließlich will auch er den hohen Ton, will auch er das große, hymnische Gedicht. Hymnik ist aber ursprünglich Gebet. Wenn der religiöse Rahmen zerbrochen ist, läßt sich der hymnische Ton vielleicht eine Weile ins Blasphemische retten. Diese Möglichkeit hatte sich für Lorca allerdings bald erschöpft (man lese seine *Ode ans allerheiligste Altarsakrament*). Säkulare Hymnik neigt deshalb dazu, Subjektshymnik, Selbstfeier zu werden – eine Konsequenz, die Whitman gezogen hatte. Seit der Romantik ist die große Form des Gedichts gebunden an Darstellungen des erhabenen Subjekts. Wo die moderne Lyrik darauf verzichten und dennoch »groß« sein will, ist sie auf die Collage von Bruchstücken angewiesen, wie sie etwa T. S. Eliots *Waste Land* vorführt.

Nun hat der hohe Ton in Lorcas *Dichter in New York* immer einen Sprung. Was ihn vor Whitmans Einfluß schließlich rettet, ist die Tatsache, daß er (im Gegensatz zu seinen Freunden Jorge Guillén und Pablo Neruda) das Hymnische nicht recht beherrscht. Das »große Ja und Amen«, das dem Hymniker jederzeit flüssig von den Lippen gehen muß (Hölderlins »Alles ist gut«, Guilléns »die Welt ist gut gemacht«), es verbrennt ihm den Mund. Die große Einverleibung der Welt, Voraussetzung hymnischer Dichtung, gelingt ihm nicht. Anders als Whitman, der von sich sagen kann »All this I swallow, it tastes good, I like it well, it becomes mine . . .«, hat Lorcas lyrisches Ich keinen besonders guten Magen. Das ist ganz wörtlich zu nehmen. Es kratzt im Hals, es muß gespien werden, am deutlichsten in dem Gedicht *Landschaft mit Menschenmenge, die sich erbricht*; doch auch sonst ist der Gestus der Ausstoßung charakteristisch für die New Yorker Lyrik: Im *Totentanz* sammelt sich das Ausgestoßene, Verworfene zum Tanz, im *König von Harlem* wird symbolisch die Zugehörigkeit zum weißen Bevölkerungsteil verworfen, *Schrei Richtung Rom* beginnt mit einem langen Fluch, und in der *Ode an Walt Whitman* wirkt ein homophober Verfolgungswahn, der dem Mechanismus folgt, den die Psychoanalyse Projektion, Ausstoßung nennt. In aller Deutlichkeit zeigt sich der Unterschied beim Vergleich der langen, ungeordneten Aufzählungen, die beide Dichter einsetzen. Während Whitmans gewaltige Reihungen wahre Raubzüge eines allesverschlingenden Subjekts sind, wirken diejenigen Lorcas wie Abfallhalden erbrochener Objekte. Die große Einverleibung scheint die einzige Möglichkeit, den freien Versen einer säkularen Hymne Einheit zu geben: die Einheit des Subjekts, das seine Welt in sich versammelt. Daß sich sowohl Whitman als auch Neruda zum Kollektivsubjekt erklären (beide *sind* Amerika), ändert daran nichts. Da Lorca die große Einverleibung verweigert, wird seine freie hymnische Form brüchig. Das Whitmansche »Ich bin alles« zieht ihn durchaus an, doch es schlägt ihm ins Gegenteil um: »Ich löse mich in alles auf.«

5. Apoll und die Ratten

Lorca und Whitman haben mindestens eines gemeinsam: Sie können Differenzen schlecht ertragen. Whitman, der behauptet, alles Fremde ins allumfassende Ich einschmelzen zu können, läßt sie verschwinden. Lorca verschwindet unter ihnen. Was er nicht aufnehmen kann, spaltet er ab. Seine New Yorker Gedichte sind durchzogen von solchen Spaltungen; eine davon, und nicht die kleinste, läuft ausgerechnet durch die *Ode an Whitman*, seine Hymne auf den Dichter, der sich selbst zum »Kosmos« stilisiert, in dem alle Gegensätze Platz haben. Die *Ode an Walt Whitman*, das ehrgeizigste Projekt des ganzen Bandes, ist kein »schönes« Gedicht, wie Lorcas New Yorker Lyrik überhaupt wenig auf Schönheit setzt. Sie ist außerdem aber eines der schwächsten Gedichte des Zyklus. In ihrer Schwäche wird sie kaum einen Leser zu dieser schwierigen Lyrik verführen, aus dem gleichen Grund aber ist sie unverzichtbar, wenn es darum geht, die häufig zerstörerischen Kräfte zu verstehen, die in anderen New Yorker Gedichten so eindrucksvoll am Werk sind.
Auf den ersten Blick hat die Ode zwei Ziele: Sie feiert Walt Whitman, und sie verteidigt die homosexuelle Liebe. Auf den zweiten Blick unternimmt sie eine doppelte Rechtfertigung: Sie legitimiert die homosexuelle Liebe durch den Bezug auf das Whitman-Idol, und sie legitimiert sich selbst, das heißt Lorcas

Dichtung, als wahre Whitman-Nachfolge. Der Übergang der Autorität von Whitmans auf Lorcas Wort wird symbolisiert durch die direkte Anrede, das an den Meister aus Brooklyn gerichtete hymnische Du. In ihm meldet sich der Anspruch, Whitmans Erbe angetreten zu haben. Dieses Erbe ist das Erhabene in der Dichtung und in der Liebe (denn die Männerliebe, für die der Name »Whitman« steht, gilt der Ode als die erhabene Form des Eros). Im Du der Hymne verschmilzt beides: Es symbolisiert die Liebe des Nachfolgers zum Vorgänger und ist zugleich ein Stilmittel des hohen Tons.

Auf den dritten Blick zerbricht diese Einheit von Liebe und Stil. Wie so oft erweist sich auch hier die zur Schau getragene Verehrung eines literarischen Vorgängers als zwiespältig. Schon die vier Eröffnungsstrophen der Ode beschreiben in einer Kette von Verneinungen den Abfall Amerikas vom Whitmanschen Ideal. Diese erste Spaltung hebt den Vorgänger aus seiner Welt heraus und gibt den Isolierten zu neuer Aneignung frei. In die gleiche Richtung arbeitet die hemmungslose Idealisierung im Gedicht: Dieser Whitman ist so erhaben, daß sein Amerika ihm gar nicht gewachsen sein kann. Der Keil, den Lorcas Ode zwischen »Amerika« und »Whitman« treibt, greift aber auch dessen Dichtung an. Er bedroht ein Fundament des Whitmanschen Evangeliums: die Unzertrennlichkeit des poetischen Projekts namens *Leaves of Grass* und des sozialen Projekts namens *America*; eine Dissonanz zwischen beiden ist eigentlich undenkbar, sie sind eins. Zwiespältig ist auch die große hymnische Anrede an den Dichter, die das Rückgrat von Lorcas Ode bildet. Sie entpuppt sich am Ende als Schlaflied, als Nachtgesang für den amerikanischen Meister; mehr noch, sie will ihn ins Leere werfen, sein Werk ausradieren; ja, ihm die Erinnerung absprechen, seinen Namen vom Grabstein löschen:

Schlaf ruhig: es ist nichts mehr übrig.
Ein Tanz von Mauern stört die Ruhe der Prärien,
Amerika ertrinkt in Tränen und Maschinen.
Ein starker Wind aus tiefster Nacht soll Schrift und Blumen
von dem Bogen reißen, unter dem du schläfst . . .

Lorca will auch Whitman begraben. Und zwar restlos, spurlos, schriftlos. Die Ode ist – unterirdisch – eine Aggression gegen das Idol, die Verschmelzung mit dem Vorbild wird zur Bedrohung.

Die entscheidende Störung von Lorcas hymnischem Bau entsteht aber durch den Einbruch einer anderen Anrede. Fast die Hälfte der Ode wird eingenommen von den zwei Wellen einer großen Litanei des Hasses gegen die *maricas*, die Schwulen. Dieses Wort ist ohne den positivierenden, identitätsstiftenden Akzentwechsel zu hören, den Begriffe wie *queer* oder *schwul* in den letzten Jahrzehnten durchlaufen haben. *Marica* ist in Lorcas Ode von 1930 ein simples homophobes Spottwort, untermalt durch eine Litanei städtischer Argotnamen, die eine Art weltumspannenden Fluch bilden: »*Fairies* in Nordamerika, *Pájaros* in Havanna, *Jotos* in Mexiko, *Sarasas* in Cádiz, *Apios* in Sevilla, *Cancos* in Madrid, *Floras* in Alicante, *Adelaidas* in Portugal . . .« Der Wechsel des Sprachregisters vom erhabenen Ton zum Argot ist Programm: die verworfene Sprache für den Akt der Verwerfung, der niedrige Ton für die verächtliche Liebe. Lorcas Gedicht bietet ein klassisches Repertoire von Metaphern des Verfolgungswahns auf. Ihr gemeinsamer Nenner ist die Angst vor Verletzung oder Verwischung der Körpergrenzen: Massenhaftigkeit, Vergiftung, Infektion, Verunreinigung, ekelhafte Weichheit, Klaffen. Die *maricas*, »scharenweise aus der Gosse steigend« (eben Ratten), erscheinen als Ungeziefer, was im Grunde den Aufruf zur Tötung schon einschließt. Der kommt dann auch prompt – »Keine Gnade! Der Tod / rinnt aus euren Augen« – und zwar in Form einer archaischen Vertauschung: Dem Opfer, das man zu töten gedenkt, wird der Tötungswunsch unterschoben. Dazu paßt das nicht weniger archaische Verfolgungsmotiv des bösen Blicks: Der Haß, mit dem man den anderen ansieht, wird in dessen Augen verlegt. Noch deutlicher sagt es die erste Skizze des Gedichts, die am Rand eines Manuskriptblattes erhalten ist: »tötet sie auf der Straße / mit dem Stockdegen . . .«

Die Ode an Whitman irritiert nicht nur durch ihren mörderischen Verfolgungswahn, sondern auch dadurch, daß sie ihre Gespaltenheit so offen zur Schau trägt. Die Litanei des Hasses bricht so plötzlich in das Gedicht ein, daß sie sich mit einem schrägen »weil« in den Satzbau eindrängt: »Keine Sekunde« (habe ich dich aus den Augen gelassen, Walt Whitman) –

gerade weil auf den Dachterrassen,
tuschelnd in den Kneipen,
scharenweise aus der Gosse steigend,
zitternd auf den Schenkeln der Chauffeure
oder kreisend auf dem Wermutkarussell,
die Schwulen, Walt Whitman, auf dich zeigen.

Was sich hier abspielt, ist ein Exorzismus. Die Ode kann über Homosexualität nur sprechen, indem sie sich ein doppeltes Gegenüber schafft: Idol und Feindbild. Beide sind genau komplementär, wie die Metaphorik zeigt. Für »Whitman« steht das fließende Gewässer (der flutende, erhabene Rhythmus), für die *maricas* das stehende (der Sumpf). Die Energie, die im Feindbild der *maricas* wirkt, ist nur zum Teil die Lust, die aus der Identifikation mit dem Verfolger entsteht. Ihr Hauptanteil ist Selbsthaß. Denn Idol und Feind sind zwei Seiten des Ich, die durch Selbstspaltung auseinandertreten. Schon das Gedicht *Landschaft mit urinierender Menschenmenge* spricht vom »Duft eines einzigen Körpers mit zweifacher Neigung: Lilie und Ratte«. Diese zweifache Neigung ist der Gefühlszwiespalt gegenüber der eigenen Homosexualität – Selbstvergötterung und mörderischer Selbsthaß. Das eine wird einverleibt, das andere nach außen geworfen. Dabei zerreißt das Selbstbild – in ein »Ich-Whitman« und ein »Ich-schwule-Ratte«.

Die *Ode an Walt Whitman* sollte Lorcas mutigstes Wort zur Homosexualität werden – in mancher Hinsicht ist sie es geworden, aber nicht im Sinne eines endlich erreichten und zur Schau getragenen inneren Friedens, sondern im Sinne eines unbeschönigt und mit verzerrtem Gesicht ausgetragenen inneren Krieges. Ein Detail aus der Geschichte dieser berüchtigten Ode ist bemerkenswert: 1934 und 1939 erschienen Fragmente von ihr (in Gerardo Diegos Anthologie *Poesía Española* und in einer Londoner Lorca-Anthologie). Beide Herausgeber wählten ausgerechnet die Tiraden gegen die diabolischen Schwulen, die sie offenbar als Paradestücke betrachteten, während heutige Herausgeber gerade sie mit betretenem Schweigen übergehen. Lorcas Ode an Whitman schönzureden ist heute nicht mehr möglich. Über sie zu moralisieren wäre gleichfalls wenig ergiebig. Sinnvoll bleibt dagegen, auf ihre zerbrochene Form zu achten. Denn das Gedicht ist ein Lehrstück über den Zusammenbruch des hohen Tons (der hier in aggressive Tirade umschlägt), es ist die Ruine einer klassizistischen Ode an ein apollinisches Alter ego. Doch die Sublimierung schlägt fehl, und zwar bereits im Rhythmus. Was diese ruinierte Ode in abstoßender Form vorführt, ist anderswo die Stärke der New Yorker Lyrik: Sie sublimiert nicht. Der Zusammenbruch erhabener Rhythmen ist nicht das Ende des *Dichters in New York*, sondern seine Voraussetzung.

Die »Freiheit« des Verses, seine Entritualisierung, wird bei Lorca zum Medium der Zerrissenheit. Denn freier Vers ist eine manisch-depressive Form: Er gibt allen Expansions- und Bemächtigungsphantasien Raum, aber auch den schlimmsten Ängsten des Zerfalls. Es ist, als hätte sich Lorca vorgenommen, Whitmans Kehrseite ans Licht zu bringen. Dessen Schwäche ist seine Stärke: der Ausdruck von Trauer. »What have I to do with lamentation?« lautet Whitmans trockener Kommentar. »Damit du siehst, daß alles fort ist...«, beginnt Lorcas Klagegesang auf die »Lücken«, die Leerstellen, die all das Verlorene, Verschwundene, Abgeschiedene hinterläßt; und dies könnte der Refrain des ganzen New Yorker Bandes sein. Schwindelerregend ist die Distanz zwischen Lorcas Lückenwelt und Whitmans Hymnus, der den Tod verleugnet und eine Art Terror der Präsenz ausübt. Alles, was sich entziehen will, holt er ein: »[I] have distanced what is behind me for good reasons / but call anything back when I desire it«, heißt es im *Song of Myself*. Lorca gelang es nicht, Whitman »zurückzurufen«, und das ist gut so. Denn die strukturelle Verleugnung des Todes ist der Hauptgrund für Whitmans eigenen poetischen Tod, sie vor allem hat ihn außerhalb der USA zu einem ungelesenen, ja ungenießbaren Klassiker gemacht. Gerade Lorcas Scheitern an der Einverleibung Whitmans und die daraus resultierende Brüchigkeit seiner New Yorker Lyrik könnte *Dichter in New York* dagegen feien, in absehbarer Zeit einen ähnlichen Tod zu sterben. Lange schon erregt Whitmans erhabenes Fluten nur noch Mißtrauen, ist Lyrik als Vehikel expansiver Subjektivität mehr als verdächtig. Das gilt vielleicht nirgends so wie in Deutschland, das keine tragende Tradition der freien Hymnik und ein vielfach gebrochenes Verhältnis zum erhabenen Ton hat. Hierzulande wird Lorcas New Yorker Lyrik durch ihre Brüche erst wahrnehmbar. Die Ode an Whitman aber führt vor, was geschieht, wenn diese Dichtung ihre Zerrissenheit nicht erträgt und versucht, sich durch einen Exorzismus zu heilen. Zerrissenheit ist gerade die Stärke von Lorcas New Yorker Dichtung, die Unruh, die sie am Leben hält –

Alle begreifen den Schmerz, der mit dem Tod zu tun hat,
doch der eigentliche Schmerz ist nicht im Geist enthalten.
Er liegt weder in der Luft noch in unserem Leben,
noch auf diesen rauchigen Terrassen.
Der eigentliche Schmerz, der all die Dinge wach hält,
ist ein kleines, unendliches Brandmal
in den schuldlosen Augen der andren Systeme.

Martin v. Koppenfels

Indice

Poeta en Nueva York

Inhalt

Dichter in New York